LOCUS

LOCUS

catch

catch your eyes；catch your heart；catch your mind……

catch 189
是時候了

作　　者　楊柏林
責任編輯　繆沛倫
美術設計　IF OFFICE、盧紀君
校　　對　周家麒
法律顧問　全理法律事務所董安丹律師
出 版 者　大塊文化出版股份有限公司
台北市105南京東路四段25號11樓
www.locuspublishing.com
讀者服務專線　0800-006689
TEL　(02) 87123898
FAX　(02) 87123897
郵撥帳號　18955675
戶　　名　大塊文化出版股份有限公司

總 經 銷　大和書報圖書股份有限公司
地　　址　新北市新莊區五工五路2號
TEL　(02) 89902588 (代表號)　FAX：(02) 22901658
製　　版　瑞豐實業股份有限公司
初版一刷　2012年12月
定　　價　新台幣320元

ISBN　978-986-213-379-8
Printed in Taiwan

是 時 候 了

TIME TO GO NOW

作者 楊柏林

水的靈魂，土的肉身

序

詩人 白靈

關於楊柏林的一切，或許都該從雲林那座貧瘠的小漁村開始說起。蔚藍洶湧得令人恐怖的大海，一條佈滿沙石和漂流物的長長海岸，以及由海水與土岸共同孕育的有如祭師法器的串串牡蠣柱。童年、樹、烏鴉、玩具、落日，飢餓、憤怒和孤獨，都在這水與土交界的邊緣發生。

只是或許他無法預知，那令他畏懼的大海之水會是他靈魂的本命，鋪滿了躁動、危險和不安，既愛納聚一切能納聚的，又酷好蒸發漂流，變身為雲為雨為瀑為溪為河為冰為雪為霜為雹。然後在不停的滄桑和歷練中要經歷、衝撞、敲擊和席捲的，卻是從地底、從土中、從母親和阿嬤雙掌中爬起來的有限的肉身，他的靈把他的肉不能不整頓和修理得千瘡百孔。

也因此，他不甘讓終將化為塵灰的肉身墜為虛無，他把愛漂愛流的靈與墜入凡間的肉用力相混相搭，他把水與土捏塑槱轉迴旋為泥，開始在陶土與

水的唱和中，尋找安定自身、改變不安的正面力量。即使後來它們可能化身為青銅或鋼雕，然後用巨大的機械懸臂輕輕吊起重重釘放在大地，它們根本的原型卻都來自水與土的捏與塑、靈與肉的推擠和衝撞，以及海與本島互咬的長長曲折的沙岸。

他試圖用青銅或鋼雕把所有內在衝撞的矛盾固定下來，成為大家所看見的各式變幻的巨型雕塑，而它們不過是他無法安定的暫時安定物，它們不過是這一季這一月這一日這一刻這當下的一件衣服或皮膚，遲早又要脫殼或蛻化為另一件。他看見常人所看不見的靈與肉合鳴時不肯停止的蛻變。因此當他在〈再生〉一文的最末以同名詩作結時，他說：

> 肉體早已腐敗
> 靈魂的扁舟隨著潮汐
> 接近重生的海灘
> 歡呼與悲鳴罔時合奏

這前四句所說的是，他既需潮汐、扁舟、冒險與自由，又需海灘、安全、與重生，而且返回與出航必然是一而再再而三的，像腐敗與重生、成住壞空也是循環不止的，一如每天我們會重生與脫蛻的細胞一樣自然。因此「重生」或「再生」是一次又一次的，宛如手捏水土檊成泥是一次又一次的、男女靈肉交合也是一次又一次的，只有那樣不停的唱與和，才能一再看見人類自身的真貌、腐壞、有限、和宿命。才能感受到「歡呼與悲鳴罔時合奏」的宇宙動能的奧秘，「罔時」即是「無時」，乃至「隨時」，這是他能不能停下創作的動力源。卻也是一切喜劇與悲劇的源頭。

顯然，楊柏林不能不全力以赴，他是一位有大能而不羈的藝術家、一匹不能安蹄與勒繩的野馬，他不能只是一位詩人或散文家。詩人或散文家絕大多數無以靠詩或散文為生，楊柏林卻不能不靠他的藝術他的雕塑他的銅他的鋼他的泥他的石膏他的陶土他的水與土的不停攪和翻騰變幻為生，他要有絕然的不容侵擾的自由和空間安放這一切。因此，我們看到他的不安他

的懺他的悔、他的妻他的子他的女人他的逆鱗、他的母他的嬤他的父他的沙灘他的海、他的童年他的饑餓他的影子他的孤獨他的多巴胺他的躁他的鬱他的困他的怒、他的佛他的廟他的收他的藏他的筆他的畫他的林他的屋、他的不肯停熄的吉普他的預見他的動盪以及由此引發的一切的一切。

極罕見還有藝術家能像他有這麼詩意的文筆、跳躍的文采、憤怒的筆刀可以記錄這些人生的雨滴、溪瀑、流動和奔闖的軌跡，楊柏林卻總奮不顧身，坦誠、坦然而無所顧忌。他生活擺盪出的巨大跨幅，即是他藝術作品想像的空間，和一再扭動變幻身姿的內涵。

而他文學的想像和坦白或即他藝術所要達至的遠方：

美麗的黃昏回家的路上，我們的影子會被夕陽拉到有一公里橡皮筋那麼長，長到我若跌一跤，幾乎就要撞到遠遠遠遠的老廟上八仙的燕尾。（〈再生〉）
我看見深遠的馬路上擺滿麵包，就彷彿一塊十公里長、五公尺寬的日本印花布……當我企圖用藝術的形式記錄這個超現實的夢幻場景的心思啟動後，馬路上的視覺景觀，瞬間，轉換成一堆堆的人糞。（〈飛行的種子〉）
我從柱子裡放走一隻野雁，天空便飛來一隻老鷹，引來一陣閃電，在我的避雷針裡躲藏。（〈甲骨文如是說〉）
撥了電話給大兒子，當我要開口時就已經哭到不行了，等我擠出「我—很—愛—你」四個字時，聲音已經哽咽到像一隻被骨頭噎到的狗。（〈改變的力量〉）
當我的生命進化到一個高度，某些知音才會出現，而太早認識的朋友或親人，通常只能聽到我關門的聲音，我的笑容僅在靈魂被觸動時，才會自然地打開。（〈告別式〉）

上引只是簡短幾個例子，我們已看到了他童年頎長的陰影、巨大的饑

來、去
材質　壓克力顏料
尺寸　291×182 cm
年代　2012
作者　楊象

餓、深奧的幻想、可恨的無助，和自力救濟奮爭上游的人生觀，文筆尖犀
而大膽，跳躍而富哲思。

然則他的嚮往絕對的自由是與他的藝術他的詩想並駕齊驅的，那是他的雙
翼，否則無以飛越凡塵和寰宇，他的孤寂是必然的了，「像潮水中的一塊石
頭」，堅硬而又須「罔時」地遭受悲喜的衝撞，以便有朝一日躺回、躲身成
他童年水與土相互咬合後的沙灘。那水與土、靈與肉攜手唱和，可以讓他
走完一生回到最初的漫長的沙灘。

是時候了，台灣藝術家

作家、藝文觀察者　蔡詩萍

初識楊柏林，是在初遇他的藝術創作很多年以後的事了。

一九八〇、九〇年代，是台灣本土意識完成反抗、確立主體最昂揚的年代，搭配著台灣經濟淹腳目的自信，許多本土年輕藝術家，得以確立他們飛揚跋扈的創作地位。楊柏林，無疑正是那年代，理當鵲起的名字之一。

但我真正與楊柏林熟識，卻直到二十一世紀，第一個十年要走完的尾端，才由於王偉忠的引介，我第一次到了他的工作室，第一次跟他喝茶聊天，第一次在他引領下穿梭有條不紊的工作室，看大小作品陳列其間，兀自張揚著自己的風味與精神。楊柏林侃侃而談，儀表粗獷，言辭則相當細膩。那個下午，陽光逐漸滑向西天，他工作室採光明亮的落地玻璃窗，透出一道道，隨光影移動的黃昏，煞是美麗。

那之後，我跟楊柏林接觸日多，聊天日多，連威士忌都喝得日多了。先驚艷於作品，多年後再熟識其人，倒也不算是遺憾。

認識楊柏林之後，再重新回想過往與他連帶的記憶，或再細看他的創作與文字，我常想，「不失真」，這三字，應是我對先識其作品、再識其本人，

最貼切的描述吧。

所謂「不失真」是指，在創作者與藝術作品之間，存在最小的落差。
所謂「不失真」是指，詩人的本質，完整無瑕地顯現於藝術家的豪情與巧藝
上。
所謂「不失真」是指，藝術創作填補了詩人存在感的某種生命荒疏與孤獨，
這股發乎內心的創作衝動，顯然一直是楊柏林作品，無論雕塑或寫作，彰
顯於外、充斥於內的一股張力。瞭解這，也就更能不失真地，準確地認識
楊柏林了。

楊柏林絕對是天生的藝術家。從外型到內在，從作品到生活，無一不是。

楊柏林也有著傳奇藝術家的條件。他小學畢業，他出身寒微，他生性浪
漫，他生活艱辛，他生命燦爛，他創作不竭。連他的感情，都在浪漫之
中，帶著某種傳奇式、宿命般的責任感，使得他的婚姻除了兼具其他浪漫
藝術家慣有的瀟灑之外，又多出幾分類似學者胡適對髮妻胡江冬秀那種不
棄不離的道學味道。這在藝術家陣營裡，又是一篇可做文章的傳奇故事。
楊柏林喝了酒，老愛說的笑話正是：「我這輩子結了兩次婚，對象都是同一
個女人。」他一說完，我們這群朋友便哈哈大笑，趁勢再灌他一大杯，笑
謔與鼓勵，兼有。這就是楊柏林。他若始終能像某些藝術家，放縱自己的
感覺的鏈條，跟著衝動走，那也不錯，終其一生，接受傳奇的代價。可是
他，細膩的詩人存在感，卻迫使他背負著一種「凡走過都得面對自己」的責
任感。或許，也是這樣的特質，使他的創作，成為生活世界裡最好的渲洩
場，成為生命無可如何之壓力下最好的感情出口！我喜歡他的作品，無一
不觸及我們內心最誠懇的無奈與堅持。

楊柏林本質上，是「很詩人的」。藝術創作之餘，他得空就喜歡舞文弄墨一
番，觸角兼及評論、散文與詩。這本新書的自序裡，他出手便處處詩意盎
然，舉凡：

「寂寞與孤獨是我天生配備的靈魂GPS」。

「以一首中文現代詩讓他漂亮大眼的英文女老師，以晃亮晃亮濕漱漱的眼神，在黑暗狹窄的天王星車廂裡，睎住我，好幾年。」

「既然夢的土壤已乾枯龜裂，像極了冬天故鄉的乾池塘。」

「偶爾在聯副發表一篇文章，也僅能提供藝術這部耗油的渦輪增壓機廢氣排放回收的腎上腺素，476匹馬力，尚不足於跑出午夜夢迴，不足衝上星光燦爛的屋頂。」

我雖以為，每個藝術家，每個創作者，本質上都傾向於「像個詩人」，不過，在成為真正的、寫作意義上的詩人時，先決條件對文字的敏銳精準，對意象的捕捉呈現，仍考驗許多想同時兼具「文字詩人」的藝術家。但，楊柏林很成功的跨越這層障礙，變身成很具文字功力的創作者，亦兼具詩人的魅力。

走過高峰的八○、九○年代後，台灣經濟力的下滑，竟也彷彿暗示了青中壯代台灣藝術家花果飄零的際遇。這些年，楊柏林四處奔波，在國外，在中國大陸四處找尋他巨大雕塑創作的展演、收藏機會。他依然維持在自己的成長記憶與成長土壤上思索靈感的堅持，堅信好的藝術靈魂，定能超越疆界、地域等差異，而能吸引各地有相近藝術品味者的青睞。於是辛苦歸辛苦，楊柏林的藝術作品，確實也走出了台灣，而依舊能在各地訴說著台灣的故事。這是我對楊柏林作為一位台灣藝術家，最欣賞的一個特質：「正港台灣，又不囿於台灣」。

台灣本土藝術的地位，無庸置疑，在自己國土上有至高的價值。但台灣蕞爾小島，最該自我期許的價值，是如何走出去，在有著華人共同文化脈絡的土地上，繼續枝繁葉茂、開花結果。昔日國共對峙，一群以護衛中華文化為己任的知識份子，落腳香港、台灣，以「花果飄零」的隱喻，延續文化種子，等待北地的春天。台灣以彈丸小島，卻走出了華人世界驚豔的諸多成就，藝術創作的活潑與批判思維的多元，孕育出了像楊柏林這樣的藝術家。中國大陸當代藝術伴隨中國國力的跳躍提升，聚集全球收藏家瞠目

天上來
材質 不鏽鋼
尺寸 32×28×111 cm
年代 2012
作者 楊柏林

的焦點。台灣藝術家如何在這洪流中，一方面保有出身台灣，不同於中國大陸同儕的獨特性，另方面又能以靈巧的手藝、雄辯的思維、奪目的形式，爭取國際藝評界與藏家的矚目，難道不是台灣藝術家走過八零、九零年代，以台灣爲眼界的高峰後，再一波自我惕勵、自我提升的機會嗎？只是，這一次，台灣藝術家的競爭疆界更寬闊、面對的競技對手更多樣罷了。

楊柏林的新書《是時候了》，不僅僅是他個人累積多年的文思，是時候出版了；也應該是，台灣藝術家更有自信，卓然於華人世界的里程碑，於焉開展的召喚。

是時候了，台灣藝術家，It's time to go now。

那些被遮住的

詩人 羅智成

即使對楊柏林多元才華有深刻的印象，這本書還是讓人十分驚艷。

它當然還是那麼的「楊柏林」，卻讓我們得以一睹那被偉岸的外貌、抽象前衛的作品、旺盛的生命力與質樸的親音所遮住的：細膩而易感的心靈、收放的文字、眞誠到極點的觀點，以及厚實如土壤的溫情。

菩薩心岸

——序——

祐杰建設董事長 黃國杰

生命，始終是場謎；潮汐一般。

很多人對於楊柏林的狂放、不羈，印象深刻；但我卻對這脫韁野馬身後那細細卻悠遠的「念」感到好奇。

那一念，繫在楊柏林菩薩般母親的身上，繫在童年混沌初始的「象」字上。野馬可以脫韁；但謎一般的生命潮汐，始終迴繫著那生命初始、不棄不離的菩薩心岸。

因為此，一切的困惑一次的失序一次的脫軌一切的擺盪都揉漾著一次次的脫繭振翅奔騰的光。

如果你曾經觸過楊柏林厚實沈練的雕塑肌理，你必然也能感受到那藏在冰冷底下，熾熱的海潮聲，赤子孺慕般的湧向永遠的菩薩心岸。

生命，始終是場謎；楊象，無疆。

對全世界深呼吸

—序—

詩人 李進文

他以山風海雨雕塑藝術；

下一刻，他在文字裡裸奔——

入深山，出武林，暗器都追不上的細膩。

他總是站在深淵的邊陲，對著全世界深呼吸，

吸進含氧量最高的夢想。

他像頑童，

讓快樂與哀愁在藝術中恐怖平衡。

而文學，是楊柏林沉默寡言中滾動的一顆珍珠。

瘋狂與自律

我出生在台灣雲林縣西岸最貧窮的海邊村落。

國小一年級第一天上課，學會寫自己的名字，楊象。

下學後的黃昏，我一個人趴在中庭左側一座泥塑的糧倉前，用一支竹籤在茅草不對等三合院的黑色泥土上非常專注地刻一個字「象」，而且是用沒人教我的象形文字，畫成一隻一隻的大象。幾乎寫滿中庭廣場。我感覺自己彷彿具有魔法般，進入非洲的大草原，地球的心跳因為大象的移動而興奮起來，由此，我被吸入一個廣大的想像世界裡。

這是我生命中最迷人的誘惑，第一個驚心動魄的開場記憶，第一件無師自通的裝置藝術。「象」後來成為我作品保證書上的甲骨文鋼印。

大約一九八四年，為了申請展覽，春之藝廊的侯太太希望我寫一篇自傳，她的感動使我順利在一九八五年展出《孕系列》，由於作品大略已完成，尚有一年時間的緩衝期，於是我靈光一閃，跑去博愛路郵政總局對街的瑪爾寇梁報名三個月的初級英文。有一天，回鄉下老家，父母親硬要我帶七八隻紅蟳北上送給瑪爾寇梁。他們以為我的英文程度，可以因為幾隻紅蟳的

加持突飛猛進？

那個晚上，瑪爾寇梁或許由於紅蟳夠肥美，額外爲我上了一對一的輔導課。知道我沒上第一屆的初中，非常遺憾。他以自己淵博的知識肯定要成爲藝術家起碼也要大學畢業。在鼓勵我上初中夜校補習的眼神裡，閃爍著老男人對青春肉體異常渴望的光輝。我能理解，那種眼神與紅蟳無關，他邀請我去他家喝杯咖啡……

I like women. 這是我說英語，最確定的一句發音。

我沒再去英文補習班，也沒去夜校補初中課程。瑪爾寇梁一直不知道，我以一首中文現代詩讓他的漂亮大眼的英文女教師，以晃亮晃亮濕漉漉的眼神，在黑暗狹窄的天王星車廂裡，睇住我，好幾年。

當然，國小畢業的學歷可望進化自己的生命質地，絕對裝備滿滿近乎恐慌的心理障礙，尤其眼界和生命深度開發至國際藝文視野以後，包括親情和友情的互動斷層，使我必須隱藏卑微的出身，不是由於自卑，而是方便獨自在黑暗裡摸索求知的路徑。寂寞與孤獨是我天生配備的靈魂GPS，這能讓我在世界與人類交往的時候，清楚自己的座標和定位。緊緊扣著這個祕密，似乎產生某種日益強壯的能量，超越學院教育荒謬的世俗禮讚。我即是自己唯一的老師，努力吸收知識以豐富不二學生的人生。文學提供全方位苦澀卻溫暖的微光，進入無時無刻不存在的創作思維靈動，隨著日思夜夢，裸身逆境的體內流盪著渾然天成的生活意象魅影。無論我如何轉換角色，脫胎換骨的冷酷鞭子永遠落在自己的屁股上。藝術進化同時影響文學血清救贖的濃度。

一九八九年，心岱幫我出了一本已絕版的漢藝色研《躶奔》。書的出版時機正好處在非常焦慮失意的狀態，北美館的《天地系列》個展，同時在皇冠藝廊的《靜坐系列》展覽前一個月父親往生，連同一九八五年春之藝廊《孕系列》三個個展賣座淒慘，按常理藝術家的夢該醒了。既然夢的土壤已乾枯

龜裂，像極了冬天故鄉的乾池塘。可是，我沒有後路，沒有第二種含氧量足以支撐我特殊體質的生命願景選項。而且除了藝術，文學充其量僅是我偶然極度疲憊才塞一顆的維他命Ｂ群。好幾年了，包括陳義之、蔡詩萍、林文義都希望能幫我找出版社，但我總覺得質量不足，還缺少一個振奮人生的微妙信息。

二○一二年，十幾年沒聯絡的心岱突然來通電話，「有沒有出書計劃呀？」我喜歡「是時候了」的感覺。讓我瘋狂的自律行動，取得上帝般的邀約，同時驗證願景由夢想在每個生命轉折中取得進化的物語，豢養唯美的信仰。

的確，這本書的進度非常緩慢，慢到幾乎很難維持熱機狀態，偶爾在聯副發表一篇文章，也僅能提供藝術這部耗油的渦輪增壓機廢氣排放回收的腎上腺素，四百七十六匹馬力，尚不足以跑出午夜夢迴，不足以衝上星光燦爛的屋頂。因此文學只能成為我的閱讀，文學創作像那台放在角落的古董木作嬰兒手推車。一篇文章像個小孩，幾天或幾個星期就長大成人，就不告而別。我甚至忘了生過小孩，武功盡失，如同失憶者，不知何時入深山，出武林。每次回到雕塑創作後，等同一位努力工作的農夫，早已遺忘城裡短暫風花雪月的日子。

現在，由於公共藝術創作免不了要寫創作概念，充當溝通的橋梁，文學雖然僅是我的助手，幫我灑花同時擦屁股，起碼文學這個分身，非常理解藝術家的瘋狂。真正啟蒙文學的種子，播種於十五歲，在汐止往皇帝殿的中途，一位美少女莫名其妙跑來搭訕。她的身邊還有幾個男生玩伴，如果是這個年代，我可能被打到殘廢呢。她留了聯絡電話，隔幾天就約我去台北榮總看她病中的叔叔，之後又寫來一封洋溢青春喜悅的信。我頓時覺悟，不再與她聯絡，只因為我不會寫情書，而感到自己生命貧乏到不知如何談情說愛。我感覺她是天使，她在誘導我進入男孩版的夢遊仙境。我告訴自己必須先失去她，才能成長。

十六歲，少年徬徨時代，在重慶南路的書店，沒有旅費回鄉下過節的某

天，深深被一本《鄉愁》吸引著。看了赫塞第一本書，內心吶喊著「我喜歡，我可以⋯⋯」因為我有一個台灣最窮困的故鄉「雲林縣口湖鄉，金湖村」。我的童年許多恩典般的際遇，以及一位非常愛我的，支持我追求藝術夢想的母親。

隨著年歲閱歷的增長，日漸清晰且多重解構的童年記憶，如同努力深耕的土地，深層的土壤翻出特殊的，連虛空寰宇都能發芽開花的種子。十歲某天晚上七、八點，一位美麗的女子在為我們遲來的晚餐開伙。我疑惑媽媽去哪裡了，父親新交的女友嗎？幾天後母親談起以下的往事，我才恍然大悟！她化了六〇年代的濃妝，穿著新衣裳從台北回鄉下，我認不出來，只看見一鍋香噴噴的白米粥，趕緊盛了八、九碗涼著好吃。除了幾盤主菜，父親小小豐收的漁獲幾乎排滿一張長凳。「死囝仔咧！你這個大心肝的，一個人要吃七、八碗！」說時遲那時快，一陣快如閃電的旋風，從父親憤怒的手掌大力揮出，好似要打死一條跳上竹筏搶食物的大鯊魚。白花花的米呀！以開天劈地的壯烈形式，慢動作般飄向中庭黑色的泥土地上，宛如滿天閃亮的繁星。後來我有一件作品，就是〈繁星不滅〉，當下，我看見上帝存在，以父之名，在我極度悲傷，極度飢餓，極度震撼，極度驚喜地跪在那片白米的星辰倒影中。許久許久，直到美麗的母親在半夜偷偷把我抱去睡覺。心中昇起一個渴望，我想當藝術家，只有藝術才能描寫如此璀璨動人的情境。母親一直是我的活菩薩。

最近陽光普照，熱浪翻騰，湛藍的天空，前方醉蘇拉和太平洋熱帶高氣壓颱風又悄悄逼近。歐洲及整個文明世界捲入金融風暴。我喜歡住在山上的森林裡，星星彷彿僅在樹梢的高度，和螢火蟲同鄉，與蓮霧的果實比鄰。回到現實，仍然必須勤於灑水澆花，整理環境，手中拿著突兀的黃色水管，有些氣憤。那些自許文創的人，怎不設計低調深灰或墨綠的、方便隱形收納的水管水桶⋯⋯這樣在灑水的時候，才不會感覺胃在翻攪，像森林中了工業革命的劇毒，在美好時光裡，拉出一條長長恐怖的黃色腸子。

現在，每晚睡前一定要閱讀小說。小說較有完整的人生啟發，做筆記學習

新認識的文字詞彙，像找到新的樹苗或朋友，以便安置在生活的空間。文字成爲我沉默寡言頭上會開花的綠色爬藤。

我非常討厭看教育類別的書，痛恨教授、老師，舉凡要把我當學生的書，我都排斥。例如，偉人傳記、創意學、如何談戀愛、如何成功。我許多的失敗，以及身邊以各種方式出現的貴人、掠奪者，並不缺少激發我內在潛能的盲點。我不要二手創意點子，別人的成功因素不見得適合我善加利用，我需要的是直覺、洞察力與我的行動取得恐怖的平衡。世界自然會與我一起飛翔。

2012.8.1
楊柏林於外雙溪

從土地出發
材質 不鏽鋼
尺寸 688×182×140 cm
年代 2003
作者 楊柏林

Preface
Craziness and Self-Discipline

I was born in the most destitute fishing village of Yuanlin County.

I learned how to write my name – Yang Xiang (elephant) on the opening day of primary school.

In the evening, I concentrated on inscribing the hieroglyphic symbol of "elephant" with a bamboo slip on the courtyard ground. Nobody had taught me how but a throng of elephants just came out and began to crowd the whole yard. I was transported to the chimerical African prairie. The heartbeat of the earth began to palpitate.

This was my first self-taught installation artwork and the most fascinating prelude to a lifelong memory as well. A few decades later, the character "象" was adopted as the voucher seal on all my works.

1984, one year before the scheduled solo exhibition of the "Conception" series, I started my basic English class at Marco Liang's English school. One day, on returning Taipei from home, my parents packed seven or eight mud crabs for me to give to Liang. In their innocence, they thought my English would progress in leaps and bounds by sending some mud crabs?

The plump and juicy crabs did get me an extra one-on-one class that evening. Liang encouraged me to attend a formal evening school, since in his knowledgeable point of view, an artist must at least have a college degree. I could see in his eyes the glittering lust carving for my young body and realized that it had nothing to do with the crabs. He invited me to his house for a cup of coffee …

"I like women." was the first English sentence I could utter with perfect self-assurance.

I dropped the English class and didn't enroll for any evening school. What he never knew was I charmed one of his beautiful female teachers with a piece of Chinese poem and engaged a date which lasted for several years.

Lack of formal education gave me plenty of room for evolution and got myself armed to the teeth to overcome my near-paranoid mental obstacles. In bridging the gap between my interactions with people, I had to hide my humble origin, not out of inferior complex, but to smooth my way in the solitary seeking of knowledge. Loneliness and solitude are my inbuilt GPS that guides me through my soul-searching journey. This well-guarded secret seemed to grow in strength and eventually overpowered the secular glorification of institutional education. I am my sole teacher in the process of imbibing knowledge and pursuing a non-secondhand life. A surge of omnipresent spiritual dynamics whips me relentlessly day in and day out however hard I try to switch between roles.

1989, my father passed away one month before the publishing of my first book "Running Naked" and two solo exhibitions, "Heaven and Earth" and "Contemplation" series. The total fiasco of the two solos plus the "Conception" series in 1985 should have served as a wakeup call to my impractical artist dream. But I had no alternative. I could see no other field that contained enough oxygen to sustain my vision. On top of that, literature to me was a Vitamin pill of B-complex to be taken once in a while only.

Some of my friends, over the years, have expressed their wishes of finding publishing company for me. I hesitated because of the inadequate collection of articles, and the lack of an inspirational soul-uplifting message.

"Any plan for publishing book?" a sudden call from Xin-Dai who I have lost contact for over a decade came as a surprising reminder. Yes, the time is ripe. I love the feeling. My crazy self-discipline has finally earned me such godly invitation.

The compiling progress of the book almost slowed down to a standstill. Some scattered articles published on the United Daily, still lack enough horsepower to allow me breakthrough the nightly dream and to bring me to the starry zenith. Like fast-growing babies, articles of yesteryear have become grown-ups and bid their farewell already. Even as a hard-working farmer leaves behind his wanton episode in the city once coming back to the field, all the literature babies I have given birth to have slipped into oblivion.

Literature, as only one embodies of art, provides with me an emphatic helpmate that can fully comprehend the craziness of the artist. My initiation to literature started at the age of 15 by a beautiful girl accosting me on my way to a hiking trip. She wrote me a letter the next day which overflowed with girlish joy. A sudden realization dawned on me – writing love letter was beyond my power. Regretfully, I decided to cut off the connection on account of my insufficiency in talking love and expressing affection. She was an angel trying to induce me into a boy version of "Alice in Wonderland." I told myself I had to lose her before I can grow up.

At 16, I was greatly attracted to and sympathized with Hermann Hesse' s first novel "Peter Camenzind." I responded deeply to his biographic story, because I too came from the poorest hometown, I too had received many graces, and I too had a mother who loved and supported me whole-heartedly.

Like the seeds that are capable of sprouting and flowering even in total voidness, the ever-illuminating childhood memories unearthed by the increasing ages begin to manifest. When I was 10, one evening, a beautiful lady came to our dinner uninvited. I didn' t realize then that she was my mother putting on heavy make-up and new dress because I was so soaked up in my eagerness to scoop eight bowls of rice porridge. "You vulture, how dare you to have eight bowls all to yourself!" A flashing flood of heavy slaps came down on me. In slow motion, the shimmering white rice scattered around on the courtyard like stars dotting the sky. This experience later become the theme of my work, "Un-dissolved Stars." At that moment, I saw God' s presence. To my amazement, God, in my desperate sorrow, hunger and shock revealed Himself in the white reflection of rice-stars. An aspiration of becoming an artist rose in me for only an artist is capable of describing such a scene of heart-felt resplendence. Later, my mother carried me back into the house and to me, she has always been my living Bodhisattva.

The high pressure stalking over the Pacific Ocean overshadows the sunshine, heat wave and the blue sky. Again, Europe, in fact, the whole civilized world is stuck in a financial meltdown. I enjoy living in the mountain forest. Here, the stars seem to descend to treetop low, to be in the company of fireflies and bell apples. While in reality, I am angered by the unbecoming yellow-colored hose with which I water the plants. Why don't any of those self-claimed creative guys design some low-key gray or dark-green hoses and buckets of easy storage features? Whenever I pull out a long wiggling yellow "intestine," I can almost feel my stomach churning over the sight of the poisoned forest.

I am used to reading novels before sleeping. To me, novels contain a complete inspiration of life. And I try to install in my living space all the newly-acquainted words and phrases like the way I treat a seedling or a new friend. Words become the green creepers that blossom on my reticent head.

I take a strong aversion to reading educational books. I hate professors and teachers, and reject any book that tries to preach to me, such as "Biographies of Who and Who," "On Creation," "How to Fall in Love," and "How to Succeed" etc. The many failures I have experienced in my life, those benefactors who have helped me along the way and many plunders, have all unwittingly provided me with enough stimulus to my hidden potentialities. I don't want second-hand ideas. Factors that contribute to people's success may not be adoptable to me. What I need is intuition and insight to constitute a balance of terror. And in that balance, I believe, the whole world begins to soar with me.

Yang Polin
Wai-Shuang-Xi
Aug.1, 2012

目錄

故鄉

地層下陷後

我們能到天堂嗎？

當黑暗降臨

星星是否還能變成

螢火蟲

集結到遠方自然的森林

通往城市的木麻黃道

路 已經演化

成為湧向大海的河

故鄉
材質 壓克力顏料
尺寸 144X155 cm
年代 2011
作者 楊柏林

阿嬤父親母親鄉親
合建的功德塔
遷移那個陌生的高點

幫浦仍在拉起水花
滋養一群黑壓壓的
黑壓壓鰻魚像極了
沉入台灣海峽底
濕地

五十年前
我與母親赤腳徒步
沙灘三千六百秒
才到落日採蚵的故鄉

某天
鯨魚橫躺小河上方
取代凋零的木橋
飢餓用死亡填飽肚子
村落與都會悲劇銜接

現在
繁殖僅剩影子拾穗
西北風嘲笑脫褲的地表

防風林在火口自焚
風飛沙為鄰村正名
而金湖座落
萬善爺滅頂
鳥不願生蛋的地方

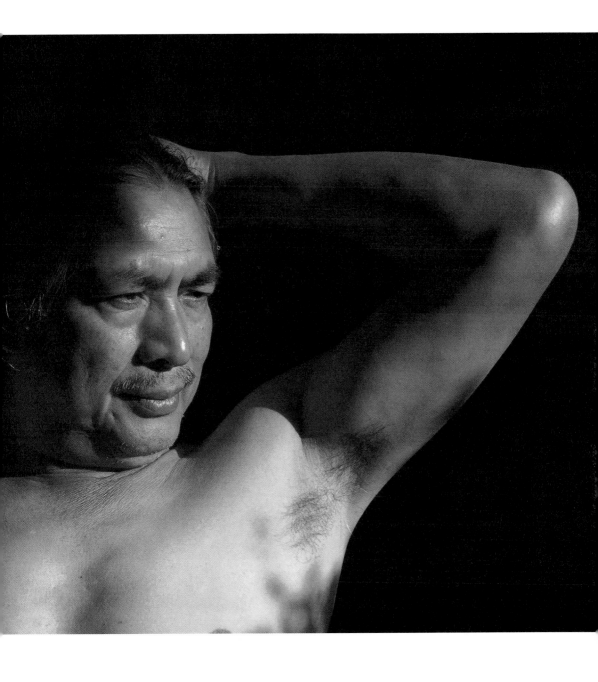

我

有一段比打一萬個死結更長更長的時間，我對生命的迷惑比植物園花架上的藤蔓還紊亂，但我依然開花，依然擁有我的四季，就像口袋沒錢和口袋飽飽的人同樣擁有每天的二十四小時，擁有同樣熱量的陽光，不同的是，我渴望更了解自己為什麼、又憑什麼走這條漫長又憂鬱的道路。我是不是瘋子？因為我有比瘋子更長的獨語，更多的嘮叨，更纏綿的孤獨，以及更思想洶湧的沉默。

我沒有任何文憑，連小學畢業唯一的那張，也與小弟的舊課本一齊拿去換一支麥芽糖了，而我知道只有藝術家是不需要一張文憑的，就像收破爛的人不怕遇見警察一樣。

單單想到「藝術家」這三個字，就使我想起我的虔誠比釋迦牟尼的信徒還嚴肅。如果我是孫悟空，藝術就等於唐三藏，他淨化我心中暴戾的氣息，卻沒有讓我失去我的天真。實際上，真正的自我是一部《西遊記》，我有唐三藏的慈悲、孫猴子的天真和頑劣、豬八戒的好色以及沙僧的忠實。而我所遇到的挫折，只不過是那些美麗和醜惡的妖魔鬼怪給我的試煉，她們雖然給我痛苦，相對地，也給我更精采的人生。

我說過，我曾在過分緊拉太久的弦中斷過一條筋，於是，我不得不用狂笑來補充我生命裏尚無法闡釋的那部分音樂。而現在，我很少再狂笑了，因

爲我有更好的表達方式，更接近心靈深處的語言——雕塑。

三十歲了，我感覺仍有小孩的天眞，獅子般的活力，以及老人的固執。這一切，我或許痛苦過三千次、打通三十個心靈的穴道。每打通一處穴道，就必須經過深思的痛楚，但也更燦爛。我因爲熱愛這點生命的光，所以我接受必然的挫折。

如果日子是一座險惡的山，我就是壯麗的河流。

河流又遇見更大的挫折，於是瀑布形成了。如此，我便再也無法過沒有任何波瀾的日子，我渴望沿著生命的河流，通向廣大的海洋。

至於我的作品，每一個作品都有她的生命，就像我的孩子。我的作品名稱就是一首詩的名稱、一部小說的名稱，她活在我爲她塑造的個性的命運底相關事物裡。遇見不同的朋友，她就會有不同的故事，而這故事就是我作品的內容。正如每一種樹給人不同的回憶和希望，同樣的一棵樹，不同的人經過它，就有不同的感覺。我只是塑造這棵樹的土地以及風而已，別人如果是太陽，自然會看見這棵樹如何茁壯成長；別人如果是雨，我的作品就有四季的相關性了。

我只是喜愛耕耘的一隻牛，這個季節只不過是我生命中的一小部分，而我也只是地球海邊的一顆石頭，我在訴說潮流的相關性。明天，也許我只是宇宙中的一顆黑洞，人們看不見的黑洞。

春說：「我的喜悅來自我的天賦。」我覺得她只說對了一半。
天賦使我對痛苦的感覺更敏銳，喜悅是我努力工作所獲得的代價。

工作室大門入口　　攝影　亮點

下山

藝術家最動人的並非他的作品
他咀嚼平凡中的苦澀
讓這劇毒在生活的胃中絞痛
最後才把純淨的血輸給人們

黃銘哲的朋友問我:「嘿!你怎麼認識黃銘哲?」

前年,我的命運尚未著墨時,偶然路過一家電梯上的畫廊。我向一位販賣藝術的年輕商人打聽有關藝術市集中的各路英雄。這以前,我還是個孤癖、自負又謙卑的煉金術者。喜歡用自己的方式、自己的原料、自己的習性、自己的天真,創作一種只能給靈魂充飢的黃金果實。我知道這世界上不只我一個人喜愛劃亮那根永遠不斷要亮的火柴,因此,我多麼渴望看見那火從另外一個人手上燃起的色彩。我多麼好奇每個人同樣在吸長壽菸,可是,那菸中所裊出的是不同的故事,不同的情感,不同的世界觀。

一個陌生的名字

為此,我手上拿著一個陌生的名字,陌生的電話號碼,耳邊響著:「這位畫家和你談得來。」我雖然覺得用這種方式認識朋友似乎有些荒謬、唐突。但是,一個人想下山到城市走走,而最先到達的地方,就是這個名字,為什麼我不去瞧瞧呢?

在一個深夜裡，我看見他時，被他嚇了一跳，就像在陌生的森林裡，一隻獅子被另外一隻獅子嚇了一跳那樣。尤其他全身白色的工作服滿溢著令人欣羨的光彩，就如同他白色畫布上的油畫懷著一份求知的欲望。

他謙虛、誠懇，雖然後來告訴我對我的冒失印象不太好，我們還是成為很談得來的朋友。我們享有一種沿用鄉音溝通的親切感，彷彿在浩瀚宇宙中遇見相同星座的故人。

除了工作、家、逛畫廊，我很少出門。當心理上需要享受一點不同的生活形態，我第一個先想到他，他使我忙碌的日子多了一處歡迎我自由渡假的林園。

幾個月後他搬家了，自己擁有一間造型獨特的工作室——全部白色。像極了一間超度空間的教堂。他把自己五張掙扎的臉，釘在五張比例相當大的空白畫布上。似乎想把整個生命刻入世界藝術的碑石上。

剛搬家的幾個月，他似乎無法入畫，也許他把自己的工作室設計得太完整了，使他藝術生命中必然零亂的部份無法赤裸自然地在裡面逗留。他的舊作全放在儲藏室裡，重新面臨新生活最初的寂寥和苦悶，同時在醞釀新的藝術觀念。

使憂鬱的野獸變成可愛的鳴禽

我並不清楚他的過去，覺得對我並不重要。但是，那可能對他很重要吧！所以，我從不過問他的昔日，只約略知道他有一次婚姻的挫折，有個已不在身邊的孩子，他畫上常會出現嬰兒、女人、老人和無奈的男人。或許，就是因為他選擇的生活而不得不失去一部分珍貴的東西和情感，反而使他的創作圍繞著生離死別、對花脆弱的嘆息、對女人不可捉摸的讚美、對原始生命的歌頌，對藤蔓活躍糾纏又強韌線條的偏愛；他的技巧來自從前平面商業寫實的根基。而現在，那種厚實的肌理，就像飛越生命極限的蝴蝶活生生地被壓成平面的標本，他企圖把現實陽光中的陰影趕入瑰麗裝飾性

的筆觸裡。

黃銘哲喜歡酒，就如同貓喜歡捉老鼠、做日光浴，女人喜歡愛情，油畫原料喜歡亞麻仁油，而且，每喝必醉，我不忍心勸他少喝酒，那是他肉體生命銜接藝術生命一條行走千里的長江，也是他與朋友相處的橋樑。因為，酒令他內心深處憂鬱的野獸變成可愛的鳴禽。

他的一幅畫有時畫了一年半載，我說他是個拿畫筆的「雕刻家」。他是專業畫家，口袋卻常只有幾個鈔票或銅板；作品雖然不多，花費的精神卻相當可觀。某些時候，作品的完整性不一定需要精雕細球。但是，對蒐藏家來說，這不只是買一幅畫而已，那份敬業精神原本就應該可以在市場上標價。

安分是求知的絆腳石

最近，他把舊作和新畫做一次徹底地合作。許多畫在原來裝飾寫實作品的，留白空間上，打了幾口十公分見方的洞，這些洞是立體的凹洞，是一口口過分飢渴枯竭的井吧！那些洞像是為了在沙漠上灌溉的一方綠洲，像在沙漠上測量出的油田，彷彿再差一點的位置就可能沒水也沒油了。

黃銘哲有諸多朋友並不贊成他在畫布加上透明壓克力，加銅條銅螺絲。這些「鑽探」的工具，等於把傳統擁有的市場被新展品之危險性覷覦著。那些關心他的朋友不希望黃銘哲割身上的一塊肉去餵養那些禿鷹和野鴿子，但他仍然選擇冒險（安分是求知的絆腳石），他寧願往藝術寒冷的高山攀登，對於朋友的忠告，就交給山下的風去回答。

當人們在經濟不景氣中自求多福，在風涼的老樹下守候著那些鄉愿的兔崽子，我為何不舉起手掌，歡送我的朋友翻越懸崖峭壁，爬回巔嶺，消失在遠方的環抱之中！

攝影 劉慶隆

策馬

秋天，蘆葦打算爲我新闢的馬路開一季的花。這條彎彎曲曲通過原始高地的古道，同意迎接我駛進龜山的馬場。因爲我的駿馬正等待我的野性，在陽光的午后來訪。

從小我就嚮往英姿的運動。這次的計畫，我也沒讓家人知道，我害怕她要埋怨我，在危機四伏的生活裡，還能面對她們的孤單而逍遙野外。無論如何，我想完全有一段祕密而美好的生活經驗。就像一匹脫韁的野馬那樣，享受不被任何情感牽絆的視野。

我一直想記錄生活中所獲得的知識和情趣。但是我面臨駕馭時間的紛擾，也許自己執鞭的能力缺乏打卡時間的勇氣，以致回到家，我總是被畫室吸引住。尤其最近兩個月我幾乎在日落以後就沉醉在控制水彩那匹不羈的野馬。我想在不慌不忙中和這匹馬奔向心靈的故鄉。我並不爲了想開畫展而努力工作，而是我生活裡有太多無法用語言表達的意念，正排隊向我生命的方向索取一處駐足的空間。在這裡，我成爲支配本性生靈的主祭師。我把生活經歷用詩般的語言安排在空曠的地平線上。爲了不使畫面像戲院門口一樣擁擠和嘈雜，我卸掉人類的衣服，赤裸裸讓每一種感覺由人體內心的希望和痛苦在爆發裡舉止的呈現在動作中，如默劇所運用的肢體語言，又像舞蹈中所象徵的飛翔意念。也如國劇裡各種花臉的表情、舉手投足和唱腔，在這裡，表情已被拉高的人體升至高空而深不可測，以致唱

腔，正是從骨子裡翻滾而出的黑色線條。我利用簡單的線條，正如同疏洪道的功能一樣，於一條暢通的河川，企圖疏出所有山中各區域大小溪流雨後的現象。生活裡太多這樣小的事物、小煩惱的匯款，我只有選擇自己喜歡的方式，用那一點點滄桑所歷練的積蓄，保持生命的平安與潺潺流動的寧靜。可是，登山的欲望又使我渴望看見更廣大的世界。在這裡，我將面臨新的挑戰──在畫畫和雕塑的發洩後，每天剩餘的文字語言又漸漸堆積如山，像一堆垃圾正等待我花心思清理仍然有用的東西。這個「問題」本身就是一件誘人的創作了。在所有意念來臨之前，通常腦海即刻顯現許多形象的畫面，所以為什麼我不善於用語言表達，問題就在這裡。不太清晰的影像引起我饞涎的注意力，所以我才時常沉默寡言。

在畫畫的精力尚未疲倦時，我只好讓多餘的思想像豐收的魚由屋外的陽光為我曝曬，成為戰備的乾糧。因為畫畫的情緒是不能等待的。她不像文學的酒可以暫時美好的保存，甚至更香醇。畫畫像在沙灘捕捉自己的足跡，必須在潮水未淹沒之前趕快留下心靈的映象之旅。幾個月來，畫畫的成績猶似歲月的灰燼已撒滿小小的斗室。有些畫像不開花的葉子被冬天的風吹向室內的角落；有些畫像狡黠的死結傷了我的心神；有些畫像枯死的樹占去我一處展腰的空地；有些畫像被飢餓啃碎的排骨，讓那隻我遍尋不著的老鼠當床鋪；有些畫如成熟的花提早在我牆上開著。就為最後一點點喜悅，所有的失意和挫折已經甘美了。

每天工作的長途汽車裡，我已習慣隨駕駛盤的轉動，讓思緒如汽油燒進生活的領域，甚至在民間藝術工作中，都不能忘懷如何清理疊積灰塵的思考濾清器。有時為了怕遺忘，不得不常往路邊暫停，在速寫簿上記錄一些片語。這點可能是我最糟糕的問題，也是我最可愛的一點，這代表我沒被急功近利的人群包圍。我為自己「積極」的行為給自己一份喜悅的安慰，同時又為了喪失正常的記憶力而苦惱不已。我常忘了別人的名字，忘了不該忘的事情，使我失去許多幸運的機會和朋友；忘記最平常的字，而且忘得非常嚴重，使我必須花許多時間查字典。但是，我知道所有發生在我身上的一切可能是令我加速成長的因素。遺忘本身最大的貢獻，在它教我巧妙地

六龜岩板上的彩虹
攝影 楊柏林

甩掉許多傷害很大的苦惱。正如天空用燦爛的陽光使人類忘記暴風的恐懼一樣，而藝術最迷人的地方就在此。它重複一種歷史，可是這歷史已經成為戰後建設的歷史，是從一塊磚和新的牆所散發的過往歷史，作者只是利用特殊眼光的材料建築的「太空」基地。

常常我躺在浴室裡，為自己的身心和信心測量體重。上升的喜悅和下降的失意，又叫我淹入思潮的熱水中了。

我同時交換使用四、五種不同個性的紙張，為的是享受更多過程的樂趣，每種紙張的個性摸熟後，雖然更有效地溝通意念、更精確地傳達內心波動的信息，但是，時間一久，會開始厭倦和懷疑自己永遠只站在封閉的城牆裡，享受的只是後宮的室內花。「戀愛」的熱情和喜悅因「固定的婚姻」生活而失去冒險的驚喜和美妙的恐慌。藝術中的安分是一種強烈反對冒險與獵取新知識的行為。我寧可像一艘紙船不安定地漂蕩在不同的河流、不同的季節環境，讓自己因不同的掙扎，忠實地呈現心中苦澀和甘美的漁獲量，珍惜「自我」奔波的汗水，因為這汗水是我心靈沐浴最好的香皂。每次，換上不同的紙張，就彷彿追逐一位神祕而難以捉摸的美麗少女，充滿未知的誘惑。畫一張畫就像約會一次那般，彼此交談往事的情懷，偶爾我表現過火，或是她耍起「女人」脾氣，就不歡而散，我便狠狠把這份感情用力甩在垃圾筒裡，等到內心的祕密因壓抑過久不得不向她傾訴時，只好想辦法調整情緒和時間重新約會。不斷地「談情說愛」可能是藝術中不可缺乏的浪漫和追求知識的象徵吧！

不管我的藝術生命將來是否被潮流視為沒落的馬戲班。（對不起！可能是我的馬戲班沒有小丑的關係，也可能是我不收門票，又只賣了幾隻不再表演的獅子。）現在，我的生活並不完全為了那些善意（也許是表面）的掌聲，而是我喜愛這種生存的方式。在「死亡」和現實的過渡中，充滿危險的美感，充滿希望的失意，充滿飛翔和山的意識流。

我不否認自己和任何藝術家一樣，期待被自己肯定的人肯定，但是，對我

來講，這點需求只是正常的飢餓而已，我還不至落入名利的過分追逐裡，失去昔日處事與鞭策自己的準則。在我三十年的生命裡，到目前我仍在尋找童年那分單純卻又求之不得的糖果，尋找天真和野性的幽默感。

我常從迷惑與懷疑自身行為的處境中，獲得知識的果實。迷惑是為了我居住的籠子和屋簷上鳥類自由的距離，懷疑自己幻想的飛翔只是因為鐵窗禁閉了我的行動。迷惑一切美麗的召喚，又懷疑真誠的代價只是一種夢幻嗎？不銹鋼的冷艷妖冶能和現代的建築打成一片嗎？現代的青銅，不合時宜的溫暖如何下嫁有錢人家的客廳與廣場？如果我的作品並不合適這個尚沈睡在漢唐明清的收藏空氣裡，或者只是為了名氣的光彩度配不上高貴的裝潢，我的小鳥呀！請教我如何飛上天空？小鳥說：「為我畫一張畫吧！我就教你飛翔的技術。」我畫好了，小鳥吱吱叫著說：「你已經學會飛翔了。」

如此一來，我不能為了賣一張畫或一件雕刻作品或為參加展覽才從事創作，而是我生活有許多創作的泉源等待我去完成。我享受創作過程的樂趣，就像生活若是一座山，我的創作是因為山中有許多乾枯柴薪供應我燃燒糧食，又有多餘的讓我點亮取暖的火花。我喜愛這種光是我自食其力的一點額外的收穫罷了。唯一的麻煩是我常把煮飯的柴火也禁不住地往那火堆裡送，因為我迷惑和好奇更大的火光。又在那堆灰燼裡懷疑自己是否過分愚蠢，有時，我問冰涼的家徒四壁，空盪的回響告訴我：「去撫摸自己身上的體溫吧！」答案如果還有餘溫，就可以上更高、更寒冷的山上砍柴了。

親愛的朋友，我寫這些只是為了疏通山崩時阻塞的血脈，最近的思潮又進入春天的雨季，我喜愛聽雨的各種聲音，只有雨的來龍去脈和我心靈的腳步聲最為接近，都是為了奔向大海，然後在大海中再度逆流溯溪而上，或在陽光的燃燒中化為烏雲，在另一個層次的空中誕生。

今天，我在山上的工地，犧牲一天的時間，在一尊大菩薩面前寫信給你，就為了減輕身上過多的膽固醇，至少對我的健康是有幫助的。有許多天，我打算一回到家，就在閣樓「做功課」，結果在吃飯前都因為進入畫室而無

法自拔地掉入臉盆盛裝的水彩汙泥裡，就如陷入男歡女愛的床褥上一樣。我深知自己對美麗的貪婪時常失去理智，如果我再度「堅強」起來，玩到深夜，這個家可又要面臨妻離子散的命運。而支持我微笑的是藝術作品上的自我肯定，由於我的靈魂已涉入蠻荒的洪流，通常我在家裡走路時和一具行屍走肉沒有什麼不同，對著不期待溫暖的女人和孩子們，我很遺憾沒有三頭六臂。我對家庭那種死屍般的漠然，會使自己在創作的失意上受到更大的戳痛，尤其我兩個都很「可愛的」與我小時候一樣不專心讀書的孩子，對一個期望自己的孩子能和別人孩子一樣懂得應付考試的媽媽，她身受自卑和無能為力的折騰，是無法形容的。我懷疑自己有辦法給孩子多少學業上的幫助，何況我又不能確信付給他們多少時間就能使他們走入「正途」，而那些時間我馬上可以從自己身上看見成績。

我很希望只告訴你有關畫的奇遇過程，而盡力避免向你透露私自的感情困擾，事實上，我那些畫正是企圖排洩男女、自我、家庭和孩子之間深刻的無奈。其中有一幅黎明的速寫，是我渴望在通過那麼長的黑暗的折磨之後，所期待的和諧之光，在畫黎明之前，我畫了許多暗夜的「人體畫」，我不想闡釋太多畫上的內容，內容應該由畫本身既有風格所反射的氣質去吸引人。許多朋友都說「生活」過了就算了，但是我必須畫畫、雕塑，寫了才算，因為唯有如此，才能感覺身體裡有了一種飛翔的輕功，就算是酒一樣自我陶醉好了。

「閣來得」是一匹澳洲來的麗質天生的母馬，我是十二生肖中的那匹種馬。她的臀部像極了我畫中裸體的女人，我騎在她身上兩種野性自然的結合，就像船在海浪上一樣，那時，世界只是一張虛無的全開水彩紙，只有我們奔騰的馬蹄聲，真實的回響在綠色的山谷中。

生靈之鄉

不少人知道故宮博物院裡有許多精采絕頂的青銅器。但是，在發出讚嘆與思古之幽情之後，有幾個人能感覺到那斑駁璀璨的亙古光輝和泥土有種不可分割的淵源？青銅器的確是從泥土中被挖掘出來的，在幾千年前青銅器尚未製作完成之前，它還是一堆未經過修飾的泥土，正等待古代的工匠用精細的手藝演變成青銅的材料。

一般人在報章雜誌看見有關青銅翻製品或「雕塑」藝術品，以為銅製的藝術品是用一整塊青銅打造的「銅雕」，因為他們看過「石雕」的製作過程，以為銅和石雕一樣有這種可能性。這種近乎神奇的「雕刻」能力似乎比時間在岩石上雕刻更精采萬倍？如此美麗的錯誤也許正是雕刻藝術品最引人入勝和不可思議的地方吧！事實上，塑造那些動人心魄「美化人生」的原始材料還是泥土。就像我們身上穿的衣服最原始的材料是樹葉和蠶絲一樣，銅製品大部分只是最後「翻模」之下的高級皮衣。雕刻家用一雙靈巧的手，一塊泥土縫製成一份與歷史、文化、空間和自然溝通的樣品。在太陽系之內，可能找不到另一種能比泥土更具可塑性的材料了。

造物主最得意、最精采的一件藝術品，正是最具生命力的星體「地球」；而人類正好是地球用泥巴塑造的孩子。

所以說，「不同的泥土就可能『燃燒出』不同個性的作品」。太快了，這只

是泥土本身的生命而已，如果藝術家不以「人」的態度對待泥土，那泥土只是藝術家手掌中的奴隸而已。我們要以對待花的態度對待泥土，以對待一個美麗又可愛的少女那樣對待泥土，以關心母親那樣關心泥土，以熱愛自己那樣熱愛泥土，泥土才可能成為我們的代言人，為我們生命的歷程和時代的背景做見證。

在古遠的朝代，人類赤足地生活在大地上。他們實實在在地接觸了泥土，才發現了泥土可以燒成日常的生活用具，時間一長，歲月的驛馬車載運著最平凡的生活必需品，風塵僕僕地來到了二十世紀。這泥土的甕裡竟然盛裝著最香醇的「歷史」之酒呢！

我們的時代除了吃得比較營養之外，我們並不快樂，塑膠的餐具、塑膠的花瓶、塑膠的佛像、塑膠的祭禮，塑膠的一切在經過幾千年之後，後代的人會認為這是「古董」嗎？泥土不會做錯任何事，它如陽光一樣珍惜自然的法則，只是「聰明」的人類才會愚蠢地離開「泥土」。

我居住在公寓的頂樓，泥土離開我比較遠，但是我選擇了靠近山的地方。還慶幸，這個時代我看見建築工人手上拿的是紅磚，而不是塑膠的成品。

我個人最早和泥土搭上線，自然是童年被生活放牧在田野的時光。也許，就因為品嘗過泥土裡誕生的果實，在泥土的「金字塔」裡等待喜悅的冒泡，「烤番薯」竟然成為日後從事藝術創作最深刻的語言。泥土被火燒到與夕陽同樣美麗後，世界上最可愛的香味就緊接著裊裊上升了。

泥土既然可以栽培世界上稀奇古怪的食物與美觀的植物，在某種環境之下，藝術家自然會尋找一種最適合他個性的泥土從事創作。所以藝術家可以一夜之間，用他的心智和熱情結合與他的生命和歷史有關的風雨，把一塊泥土錘鍊成幾千幾萬年自然腐蝕壯麗或悲傷的結果。

為什麼風化石與觀音石同樣經過歲月的鞭笞，結果卻有兩種迥異的面貌？

同樣經過七十年的兩個老人，一定有著不同的「真象」，藝術的價值在以同樣一塊泥土，其中的確有比其他更感人的故事和對生命無盡的熱情與愛。泥土令人最尊敬和讚美的是它不變的永恆性和通情達理、謙遜，就像人類的母親一樣，只是不斷地付出它最能孕育出自然的珍品。泥土讓青銅更有價值，讓美麗的植物更美麗，讓人類的食物更可口，讓石油像酒一樣愈來愈重要，讓天空的雲有著更完美的歸途。而它自己依舊還是泥土，漸漸被人類的自私和野心蹂躪的泥土。

有一段失業的日子，我在一個窄巷及矮屋裡為一塊屋樑上掉落的堅硬泥土出神，就彷彿科學家為外太空的訪客「隕石」陷入沈思一般。那種早期農夫為了自家的房子和糧倉建築的材料，不正是和雕塑家一樣嗎？他們用竹片做骨架，然後，塗上黏性和聚合力很強的泥土。糧倉飽滿的造形似乎如同縮寫的小型銀河系包裹著一粒稻米的星體。

第一次把「土」應用到自己工作上的是加上油的陶土，所以它的名字叫「油土」。油土雖然不怕風吹雨打，卻很怕燠熱的氣候，天氣一熱，雕塑浮雕就很像在被石油汙染的沙灘上做日光浴一樣，非常不愉快，因為油土是陶土加了油在大鍋上煮熟的一道只適合某些「場合」才用上的菜餚。她的油膩實在像魚的刺一樣，你必須習慣這種「刺」，吃起魚來才會有味道。任何非自然的東西給你一種方便，同時也會附帶另一個煩惱給你。此種「泥土」無需天天澆水保護，但是它發起「爛」脾氣時，會使人工作不順利，也會像個沒有一點骨氣的男人，你怎麼跟它講解生命積極的可貴都沒有用。它太像一隻遇見陽光就想晒太陽的蜥蜴，「癱瘓」有時成為另一種生命最基本的現象。

冬天一到又像結凍的水，沒有一顆火熱的心還真無法「感動」它呢！它倔強的冬天性情，有時實在需要比它更強硬的鐵鎚才能駕馭！

現在，我很少想到油土，正如同因個性不合談不來的「女朋友」一樣分手了。後來我遇見比較「談」得來的「女朋友」，我們也只相處大約一年就又

捏泥巴工作圖
攝影 劉慶隆

各奔西東了，它的名字叫「黑土」。

「黑土」最大的缺點是只要遇見空氣，它就快樂的乾涸了。黑土的身體很結實，皮膚質感又有彈性，除非保養不好，它並不容易斷裂，也不容易塌下來，很適合做頭像或圓雕的作品。黑土很像黑人奴隸般盡忠職守，卻得不到公平的待遇，它為作者「主人」表現了它的優點，而掩飾主人的缺點。

它最大的生存模式，就是必須在它頭頂前方一兩尺左右給它一個專用的「聚光燈」，它的輪廓才會像地球受陽光的滋潤即刻立體鮮活起來。

油土是經過人工培養的試管嬰兒，我沒有親眼目睹「生產」過程，所以，我對油土的感覺並不深；我也沒親眼看見黑土從地下被挖出的絕妙記錄，好比沒親自被地底噴出的石油洗禮過的際遇，這個黑妞只能讓別人去關心了。其實，我找到合適的「女朋友」陶土才是使我離開一種感情生活的理由。

我自己比較偏愛「陶土」。「陶土」的色澤接近活人的皮膚，接近陽光的色彩，接近童年「金字塔」的夢境，接近那顆不死的心。

還有一種可能使「陶土」對我那麼重要，我是個喜愛陰雨天的兩棲動物，平常的心緒總是躲在暗無天日的水底，儘管安命於黑夜般的宇宙，我畢竟渴望一種燦爛如陽光的工作環境，「陶土」正好彌補我心靈上那分明朗的企盼。每一種生命，或者說，每一種人都在無形中走入某種慣性的生活領域，藝術工作者選擇他的工具，無論哪一種材料，他都會像去尋找適合自己交往的朋友那樣慎重。

再說，「陶土」的吸水性強，保養工作不是一件重要的問題。因為這問題只要有一部攪土機就都解決了，但是，精緻的材質並非作品好壞的因素。看看那些生活富裕、有車子車夫代步的「高尚人」和辛苦的勞動者站在一起，能讓藝術家感動的生命力必定是後者了。所以，我不用攪土機，我要赤足

地走入群眾的「泥土」裡，在這泥土裡栽培一種更像「人」的花朵。

目前市面上專門供應小學生的彩色黏土雖然美麗又花俏，小小的心靈在尚未創作之前彷彿都被鮮艷的色彩迷惑了。小孩子最需要的也是最能影響他一生的命運，首推他們童年生活的取向。這彩色的塑膠土與彩色的奇異筆一樣，提供了方便的工作環境，卻是對他們心智成長的一種謀殺。文明的進步有時對最原始的創作生活造成無可救藥的傷害，應該給他們自己選擇或尋找創作材料的機會。七種色的光是彩虹，同樣七種色彩的顏料加起來就變成泥巴的色彩。應該讓他們從沒有色彩裡面發現色彩，而非給他們太多的色彩，泥土像一面素色的牆，而生活本身就是牆上懸掛的優美浮雕。

童年家家酒用的黑色泥巴，質感就比塑膠土好幾百倍，太多無謂的色彩把我們生活的空間弄得迷亂不堪，這是由於人們離開真正泥土的世界太遠了。離開泥土愈遠的人的心靈將愈空虛，所以，為什麼某些人一想起童年和泥土打成一片時，才真正覺得住公寓何等「舒適」，也何等遺憾啊！

六、七年前，我在一位雕塑家那裡，看見幾位助手正解開包裝好的麻袋，小心地把十幾二十包粉狀的金門陶土裝入一個巨大的塑膠方桶裡，然後，加入適當的水，等水浸透了，幾個年輕人打著赤膊，穿著短褲，就跳入「沼澤」地區了。他們揮著汗水，哼著踩不爛的愛情故事，使我想起童年鄉間農夫在製作糧倉的過程，想起土角厝的由來，想起大水缸的由來，想起酒甕的由來，想起一隻滿身泥巴的牛的可愛以及辛苦耕耘的年代。

比藝術家的作品更動人的，往往就是藝術家內在掙扎耕耘的痕跡，其實和農夫在田裡工作沒有兩樣。農夫全身「泥土」而辛勤工作，提供人類物質、糧食和精神上共同的去處。

藝術最能令人親近和最能開發人們思想的常常是在創作過程，就像漁夫最感人的並非他手中的魚，而是他臉上被海雕刻出與歲月戰鬥的藝術品。

用那樣古老方式處理泥土，也許太辛苦了，但是卻充滿著原始的生命力和實際人生的寫照，就像那些知悉生活品味的人仍然沿用最古老的方式釀酒一樣，可愛又香醇。

一九八五年三月，我去過一家天母的陶藝工作室，主人是個態度親切的年輕人。就連他的微笑都和他工作台上機器攪拌過的陶土一樣乾淨，地板上幾乎看不見一點灰塵汙染的狼狽相，使我非常驚訝！他和幾個助手工作了一整天後，雙手還能像捏麵人般維持最初的模樣。泥土和水適應到完美的境界時，泥土會變得很有自尊心，接觸到手掌後總是很有禮貌地與人「握手言歡」，甚至它無意間被人冷落在一旁時，偶然，他們會匠心獨運或非常幽默地重新回到作者的手中。

一些「老手」正在專心地製作與生活有關的陶藝品，他們的哲學是把泥土帶入生活中，舉凡花器、煙灰缸等等裝飾性的造形設計，琳瑯滿目。彷彿要把泥土所賦予的可能性，推展到生活的每個角落。

一些新來的學生正在師傅的觀注裡拉坯，轉盤如同地球般自轉著。雙手如果不能像太空船，把他手中的「泥土」衛星般送入軌道中，這種奇妙的泥土就失去了重心，自然就無法傳達心靈反應的信息了。

我喜歡看著泥土，在手掌中，成為宇宙混沌的縮影。

三年前，一家寺廟要我為他們製作一尊十六尺的佛像，大約需要十噸泥土。我帶著助手請了一輛大卡車，來到北投復興崗後山一處陶土採集區，打算利用「泥菩薩」的機會，等待自己做創作時，泥土的來源就不必大費周章了。

陶土採集區的夏天應該非常燠熱，我們卻趕上一場午後的雷陣雨。一條政府出錢興建的梯形水溝猶若從母親肚子裡拉下來的臍帶，這些退伍軍人就吸食這座山的泥漿過活。我們沿著泥濘又顛簸的產業道路緩緩而上，一座

座小山嶺就像一隻隻乳牛般，被接上一條條輸「奶」管。工人把山上的泥漿接入管道，雜質的沙石經過機器過濾後，裝入圓形或方形的麻袋裡擠乾部分的水，好讓泥土成為塊狀，容易搬運，也容易使需求者方便工作。

我們正把圓形陶土搬上卡車，雨愈來愈大了，那些軟硬適中的陶土開始癱瘓了。正如同冰塊遇見了大太陽一樣，在卡車上，陶土堆砌而成稜線壯麗的山峰頃刻間彷彿被火山的岩漿掩埋過的大地，我們也成為那片土地上最具生命的泥人了。

一位工人騎機車跟著我們的車到一公里外的地磅處。他們要計算泥土的重量，好讓政府抽取稅金，世界上似乎任何有用的東西都注定要成為商品，泥土自然也不能例外。

我的「泥菩薩」後來並非「泥菩薩」，而是由玻璃纖維翻製的成品，但是，的確有泥菩薩。我曾參與為一尊古代泥塑成品的千手觀音搬運的工作。泥土加上一些黏性特強的材料，緊密度會更強，如果不去翻動它，它雖然不若觀音石堅硬，至少也能比風化石恆久，尤其泥土的表面又塗上乾漆和麻布，更不容易被歲月侵蝕。

除了經過窯燒的陶土，無法走上攝氏一千度左右又回到原來的泥土之外，其他雕塑是可重複使用，只是泥土重複使用後會沾上較多的雜質，手容易受傷。但是為了更能直接與泥土打成一片，我習慣從塑膠桶裡挖出不同溼度的泥土，滲入思想底河床。然後，喜歡看著「泥土」裡爬出了「生活」的螃蟹。

有幾個不同時間完成的創作翻模後，又回到那片寂寞、封閉的世界，等待另一次的任務。幾個塑膠桶裡同樣的泥土，只要不同的水量和時間，泥土就成為多樣性。最初，就是利用這個異數引發對自然界各種生態和心靈世界的聯想。沼澤區生長的植物必然是沼澤的風格，不同質地的泥土就會長出不同造型的植物。我常運用不同的溼度的泥土來塑造人與自然的宇宙

觀。事實上，一種泥土就可以塑造天地間的生命了，我只是喜愛那種親切又真實的生活踐踏；同樣是酒，有人喜歡啤酒，有人喜歡高粱酒，有人喜歡進口貨。

泥土可塑性強，並不表示它沒有個性，任由人類牽著它的鼻子走。相反地，每種溼度的不同就有不同的情緒，這種千變萬化又萬變不離其宗的個性正是它的個性。你必須把它追到手，與它非常融洽、非常親密，然後，說服它成為妻子，然後和它做愛，共享天地間的喜悅和憂愁，才算真正了解泥土。

如果我們給每一個人一塊泥土，要他們表現生活中最深刻的東西或事情，我想許多人不是希望把它變成金塊，就是塑成一塊塊果腹的麵包，而更多的人會想到希臘羅馬神話中的美女維納斯。少有人願意餓著肚子深入描寫時代的苦難，以及在個人生活的背景中做一個深刻的反省。

一塊泥土本身已經具備了挑戰性的誘惑，當一個人懂得泥土和我們生活的意義，即使只單純在手中，依然能感覺到一種冰涼的溫暖。這種溫暖可以安撫一顆飄浮不定的心。

每當心情暴躁、情緒惡劣時，去工作室掀開塑膠桶的塑膠紙，看看那堆打了許多次戰爭的泥土，再抓起泥土時，所有的悲傷和憤怒，剎那間變成平靜的湖水。泥土和水同樣是一面鏡子，使人面對自己所處的環境，看清自己的本質以及內心的樣貌。它會令人覺得世間的煩惱都可以像容易腐化的自然垃圾物質一樣，回歸自然。

也許因為對泥土有一種深刻的感情，大凡有關泥土的事情，我都會特別地注意和關心，譬如：盜採森林、濫墾濫建、濫葬，使完整的大自然景觀變成瘌痢頭，像個傷痕累累又被爛「醫生」胡亂包紮的乞丐。

大自然是一件價值非凡的藝術品。沒有一個高度文明的社會願意讓此種羞

恥的事不斷地重演，而我們常嘆息著藝術家難道只是把人性醜惡的一部分刪除了事嗎？難道睜一隻眼閉一隻眼就一切只剩下美好和善良的嗎？藝術家的掙扎應該是可以看見時代的走向以及可歌可泣的歷史。

我內心的樹，唯有誠懇地說服泥土，才能生長出珍貴哲理的綠葉和花果。我們需要像善良清澈的水一樣把思想滲入泥土裡，泥土才會表達人類另一種智慧的信息，而這種信息也許是一種忠告，也許是一種讚美，也許是一種諷刺吧。

浮雕集

工作

有一種孤單，能媲美禪的素食主義者。在我心中，唯獨藝術的舍利子。

歌者

我是無聲的歌者，我的手在泥土中，就像時間在崖石上雕塑著歲月的足跡。

如果我是一棵樹

如果我是一棵樹，風就培養我的氣質，陽光訓練我的個性，雲似我底希望
流浪，雨使我成長。

感情

殘缺的月是太陽剪下的指甲。

手

人們問我最深刻的事，我緊握母親的雙手。

書簡

早晨，去拉開一面小窗。驀然，驚喜在我眉梢搖曳，那棵從沒生過果子的
木瓜樹上三五成群地向我展露一種文學的囂笑，而絲瓜的藤蔓以詩的語言
在我心靈繚繞著。

回憶的童年，那幾隻火雞踏著聖法蘭西斯的步履，讓一張紅番的臉，在我瘦長的影子裡索尋一些傳說，而冬天的陽光就在這片小天地裡，散播溫煦的書簡。

無知
無知的樵夫把山砍成中學生的西瓜頭。

失戀
夏日麻雀纏綿於吻之韻律，頻頻騷擾我寂寞的心。

金
不要向他們闡釋哲學，因為有時你只能用沉默雄辯。

生活
我要用最平凡的言語，表達最深刻的事情。因為最深刻的感覺，往往就在最平凡的生活中。

方向
對不起！大師，你踩到我的腳了。
大師，對不起，你的身體太重了。

我的反抗，要使你遍體鱗傷。

鄉愁

每當提起筆時，鄉愁便在心田上放牧著一望無際的殘秋，那心靈的天空藍
得猶似一匹呼嘯的傷馬。

在這初冬的夜裡，我不知如何才能把步伐踩成一首平安的小夜曲。走過曠
野，風就在我臉上彈奏著旅行者的滄桑。在我四周的簇花對著皎潔如水的
月光，低吟淺唱波特萊爾的詩句。漸漸地，我迷失在自己腳下那瘦長而孤
單的影子，伊美麗的臉，就用一雙冰冷的眼睛，把我從夢中喚醒。

昨夜，夢是春秋的驛馬車。

我在火花的山谷中，望著綺麗的金色死亡，一把關雲長的大刀，劃入我的
胸膛。我竟然微笑地說：「我不會死。」刺者又一刀直戳進我的腹部，我依
然沒有流血。最後，那暴剝的一刀，輕柔得猶如一位少女的玉指，驚醒我
悲壯的夢。

溯
材質 青銅
尺寸 71×61×85 cm
作者 楊柏林

甜災

我的朋友平常喜愛零食，因此，對於我其他的讚美反而有著甜言蜜語的過敏性。

那夜，我們分手後，我的情緒落入失意的谷底。其實並沒發生什麼重大的事情，大概是我為她寫的許多情詩，只成為她生活中的零食吧！才使這原本美麗的處境變得暗潮洶湧。我希望她是我感情的擋石山林，如果不可能，成為我畫中的知己也滿好的。她是那麼高，又漂亮得像艾菲爾鐵塔接近我心中的雲層，說實在一點，更像一座能使我的日子更璀璨的山峰。而且，她的眼神，有一種神祕危險的黃色指標，正等待我勇敢努力往較深的山中開發，為此，無論每次相處的結果如何，我總感覺體內某種熱量正與日劇增。

「啊！你山中的泉水，引誘我不死的湖泊。」我常把此類真實的感覺告訴她，而她婉轉拒絕中又隱約藏著可喜的曖昧撥弄我的想像力。我知道這種不可捉摸的女人正是創作最好的促進劑，她偶爾會坦白地告訴我：「我是在欣賞你畫中的我，以及創造我的靈魂，至於你，正如同我一樣。彼此難以揣測結果。我們只有透過創作才能真正成為比朋友更好的朋友，否則，你的畫也掛不住我心靈的牆。」可是，可是我仍然感覺缺少一份溫暖實在的東西，就像高氣壓缺少成為強烈颱風的氣候一樣，我想擁抱她，她敏感地移至懸崖邊沿，使我對她的激情和渴望被理性的風吹向悲劇的休息站。對我

來講，要使這危機回復到平安的路線，只有接通創作的對講機，才能啓動自我的發電廠。

是夜，我做了一個夢。

三更從喉乾舌燥的美夢中醒來，除了渴之外，一種奇怪的飢餓驅使我走入廚房裡，倒了一杯開水，猛往嘴裡灌下去。不得了了，竟然是一碗莫名其妙的糖水，我趕緊接著自來水往肚子裡沖，渴總算解決，但是，那飢餓的狼卻在腸胃裡亂撞亂踢，我只好煮了一鍋水，想下一碗麵，等到水一開後，怪事又發生了，水中浮起一百度的氣泡不是水的喜悅，而是一粒粒即將融化的砂糖，愈來愈多的糖使開水完全變成糖漿了，我以爲這是天上的美食，舀了一湯匙上來研究，當我淺嚐即止時，沒想到鍋中的甜蜜物質愈變愈多，最後流出鍋外，像從火山冒出的岩漿流滿了廚房每個角落，然後沿著客廳把所有的家具封鎖起來，又流入了書房，這糖漿像惡夢之爪，一直伸至書中的人物、畫中的世界，連袖手旁觀的庭院也受到浩劫的洗禮。所有花木都像網中的魚一般掙扎著，我看見那株曇花只是糖氾濫中比較大的氣泡，螞蟻因爲抬不動火山岩樣的糖之結晶，反而成爲這風暴的贊助者，螞蟻身上有糖的細胞。一群採白花的蝴蝶如一群螢火蟲往這糖的黃河飛舞而來，一群夜尋覓之鳥又和那群蝴蝶一樣，爲這甜蜜的水災，增加了死亡的可看性。最後，糖在蒼白中抽搐著，然後變成一條糾纏不清的大蟒蛇，困在我求知的行動裡……

我在嘶嚎中驚醒，一位醫生坐在我的床沿，他用機器人的同情心告訴我：「你得了糖尿病。」我忽然記起昨夜的夢，想記錄起來，醫生拿起一枝黑色的零點一針筆，在我的肉體上記錄著病情，矇矓中睡覺了，手上正在打點滴。第二天清晨，我被麻雀的吵鬧聲叫醒，我走到庭院看見一大群螞蟻正圍著一本千瘡百孔的書本做戰備糧的分解程式，我打開這本速寫簿，發現我大部分的日記都黏在一起。太不可思議了，我跑到臥室，找那枝針筆，只發現一個棒棒冰的塑膠袋在矮櫃上，塑膠袋流出的糖水還在滴著。

收音機在沙沙聲中傳來颱風登陸的警報。

泡泡人素描
材質 草圖
年代 2010
作者 楊柏林

二〇〇八年全世界陷入金融海嘯，我畫了泡泡人系列。尚未落實鋼塑製作，海嘯就莫名其妙的退了。沒想到二〇一二年，全世界卻又面臨超乎想像的蕭條。

散彈槍

親愛的 A，如果你有時間，請打開天梯上的鎖，我想上去解放滿山的風景，而你沈默告訴我，你沒有那把鑰匙。我只有等颱風後，跟蹤大自然、失蹤的水土或是乘龍捲風上去你思想的高地，向你問安。

陽光一出來，偶爾我會走出那間擁擠又紛亂的工作室，什麼也不想做，只想坐在窄巷裡的階梯上，讓猶如母親溫柔的手的陽光愛撫著。

在工作室裡，孤獨使我像荒島上的魯賓遜，沒有伙伴、沒有知音。除了自己的跫音和呼吸聲之外，再也沒有人類向我呼喚了。

我的名字和沙以及泥土沒有兩樣。我的寂寞和一塊潮水中的石頭沒有兩樣。我獨自地喜悅和痛苦（為一朵雲喜悅，為一隻受傷的小鳥傷心哭泣著）。當我的情緒像難產的婦人時，也沒有人分擔我的憂愁，而我，仍然必須生活。

最近我在寫一份創作意念自白書，畫廊評審通過才能展覽，我在想，作品的幻燈片難道不足以傳遞生活的信息嗎？有好幾個夜晚，我那習慣流血的手竟然滴不出汗來。要用一種理論來表達我的創作概念，要我這匹馬去冒充牛肉，對我有點殘忍。我可以在泥巴上留下精準的指紋，留下我思緒燃燒後的一縷炊煙。就像一隻鳥在樹上的天空留下飛翔的日記一樣，除了自

己之外，親愛的 A，又有誰能眞正了解另一個人的心路歷程呢？

大約國小五年級，我仍然叫「楊象」。班上的一些比我野的童年老大，時常把我原本甚覺寂寞的日子拿到他們「無齒」的手心玩弄。我的自尊心總要吃他們一連串的螺絲釘，結果是我的憤怒引來一陣亂拳。我只好回到自家的庭院裡，躺在開牡蠣的大型方架上，以四腳朝天的姿勢，嚎啕大哭。直到把那個慘白的太陽哭成臉紅的樣子，又把臉紅的夕陽，哭得跌落萬丈的大海裡，直到母親從近海的沙灘上回來。

即使如此，我仍相信「象」是一種有正義感的動物而沾沾自喜。我常把象寫成象形文字。這和我喜愛畫畫有關吧！中國的文字是山水的皮影戲，是人生活過的精簡動態，對我的雕塑語言有了更新的甲骨文意義，但是如果我不是從事民間藝術工作，我根本不知道傳統文化綿延了幾千年，那種人的神性化裝飾風格，竟然和我血液裡的某種成分非常近似。因此，我不再沈迷希臘神話故事了，我覺得古昔的東方文化絕對是個豐富的寶藏。

五年級童年或更早的我，可是個全能的玩家，有關操場內和樹林以外的事物，我一律參與。這中間包括我把鄰居小孩玩物贏光，或是把大床鋪底下的橄欖和龍眼籽輸光為止。我同樣坐在老家的戶定上，總覺得自己缺少某種未知的、神祕的東西，那東西好像很遙遠又好似很近。一年級的時候，我在大地上刻的第一個名字，彷彿被自己的迷惑抹去了。我總感覺好像有什麼奇怪而令人驚奇的事物，正在每個大街或小巷或某個地方等我。我逃學看布袋戲，在黑夜裡跑去古色古香的老廟宇裡，聽神棍們的神話，在老榕樹下和玩伴殺得震天價響，在木麻黃樹上高聲地唱歌，在烈日下的沙田裡拾穗，在池塘裡把自己浮在半空中。在深而廣大的黑色沙灘裡，和父母工作在一起是最荊棘，也是最美麗的生活。我們乘竹筏以及散步在黃昏的歸途。親愛的 A，這裡面我眞是愛死了在泥土上打滾的感覺，這種感覺正隨年齡的成長而日漸深刻。至於藍得讓人恐怖的海，我是充滿敬畏之心。而水中深沈的力量和豐富的知識又往往使我著迷不已。

前一陣子，我被自己無法平安地回到現實的
崗位上而苦惱不已，我沈迷在創作的漩渦
中，忽視眼前既得利益，雖得到幾聲空泛的
掌聲，但是當我重新的體檢自己，覺得挫傷
的神經裡，只須再加幾個拳頭，瘡疤裡的芽
就可以長出充飢的嫩葉。於是，我去踩觀音
護法的腳，於是，金剛力士的手便把我的臉
拉成嚴肅而卑屈的樣子。

午後，我在木麻黃的小樹林裡念尺牘。
我常常望著樹林背後的池塘在夏季陽光裡投
射出燦爛的反
光，我的思緒隨著波光的流動游離至夢樣的
世界。
偶爾，獵人的散彈槍聲會把我從幻想中驚醒。
我感覺自己像那隻鳥從空中墜落、墜落……
我對於獵人以及鳥，到底那一個才是我希望
的，又感到迷惑了。

浴缸夏日午后光影
攝影 楊柏林

陽台日照
攝影 楊柏林

爬蟲類

你很想　進入
一處比天空還湛藍
比無慾更遼廓的世界
我編織的網

你喜歡在驚慌的快樂國度
撫摸自己影子上昇的體溫
如雨季後
洞穴中飢餓的食蟻獸

我可以　等待
在日蝕般的逆光時間
看見你春情蕩漾的身影
像專注學習天文的爬蟲類

當我的呼吸形同乾涸的沼澤
你的舌尖卻已吻遍整個獵戶星座

因此在亞麻仁油統治的胎盤裡
你以迴紋針的姿勢
創造一種當代時尚的面膜

鋼鐵大門上的蒲公英　攝影 楊柏林

我生命中的女人

十三歲，我在書店當練習生，最有意思的是賣文學欄裡的書籍。我常偷偷地打六折給一位美麗的大學女生。她對我神秘地微笑，使我有一種美好的幻想。那段日子，我還沉迷在安徒生的童話，「大女孩」就成為我生活裡的公主。

大約十六歲，認識一位「小女孩」，才發現自己連信都寫不好，這猛然的衝擊，使我清楚知識的重要，於是，我開始接觸法國浪漫的短篇小說。

次年，日記上的最後一天，一個漂亮的北一女生，把我徬徨和迷惑的心情，接引至西門町的電影院裡。她把細緻靈巧的玉指放在我厚厚的雙唇，這種經驗讓我面對文學的思想，有著更精妙的闡釋，雖然電影結束，少女便消失了。

巴里島家人剪影
攝影 楊柏林

開始創作的階段，女性所引起的思想，的確佔很大的比例，一個人天生對某些事特別敏感，必然基於一種特質，因此特質就像一隻能飛的大鳥，可以擁有更寬廣的世界。

我知悉所有的經歷對我的成長都是一種促進劑，使我看見赫塞的《鄉愁》，有更強烈的感受。女人是一面鏡子，她們使我看見自己的樣貌，以及現實中笨拙的德性。我需要的不是女性本身，女性的魔力像森林中的野生動物，而我不是一位獵人，充其量我只是採集女性生態的收藏家。

我的母親是個多愁善感的女人，在她身上我常讀到中國的近代史。她的同情心常超出自己能力的範圍，但是處理我父親莫名其妙、惡毒的三字經，竟然如中國的太極拳，輕鬆自如。只有在此刻，她莫名其妙的多愁善感，才化為無形，呈現出少有的樂觀。父親一過世，母親失去男人強力而無理的主宰後，她的憂愁反而如同崩潰的堤防四處亂竄。有一天，我突然發現母親的煩惱，已經不是我的煩惱了，當我從母親滄桑的臉上，看見四處亂竄斑斕的皺紋，呈現出她生命的特質，美極了，我總禁不住想要擁抱她。母親的美不是由於她的樂觀，而是由於悲觀和籠統的愛。

有一陣子，我對女性的追逐，著眼於對詩的熱愛、對文學的興趣，因為女性豐富我的想像力，在某些地方，我真像我的母親，必須承受現實巨大的詛咒以後，才有內心的清明和自在，而這內裡，便包含了女性花一般的容顏和性感的荊棘吧！

跑遠了，尤其當我受傷或長繭，內人會快快樂樂地陪我去醫院開刀，此刻，我正確的在她微笑中，看見真實的擁有，彷彿我是一匹沒有疆界的野馬，回到她整修過的柵欄。她總是高興地說：「這小世界很溫暖吧！」如同一本被禁的文學書刊，回收到倉庫的書架上。

她喜歡幫我整修腳指甲，就像馬伕在為戰馬安裝馬蹄一樣，女性在此便顯現了優美的姿態；女人只有自然流露出女性的天賦時，世界才會變得美麗。

思緒國國王
材質　青銅
尺寸　88×88×113 cm
年代　1984
作者　楊柏林

甲骨文如是說

直到現在，我還時常去八里一處海灘散步，那裡荒涼的地理景觀很像我童年的家鄉，六月開著黃色花朵的闊葉樹，整排整排如祈禱者瘦弱的雙手，舉向天空。

在海浪呼吸的邊緣，由於潮汐的關係，許多造形特異的木頭，於一種歲月無情的姿勢，靜坐在沙灘或石頭的懷裡，雖然大部分是動物的浮屍，以及文明的垃圾，總有一些被時間和流水雕刻得很像樣的東西。那被折騰至東倒西歪、面目全非的材質，有種幽靈般的魅力，而火山岩被自然界的力量鏤空的造形，就如同光陰的步履，走在長長的海岸線上。

很小的時候，母親帶我走一段很寬闊深遠的沙灘，在沙灘的外層回首，幾乎看不見木麻黃裡的村落，世界變得廣大而孤寂。我要幫父母把一根根包裹著牡蠣的竹子，從深陷的沙地裡扒出來，重新插在較高的沙灘上，一插就是一整片立體的大地景觀。我很迷惑，一根根竹子在水的供養和時間的歷練下，竟然形成如此壯碩的生命線，柱狀的牡蠣現在想起來，像極了傑克梅弟的雕刻呢！

母親教我把雕刻般柱狀上的某些生命去除，那是一種專吃牡蠣的貝類，此貝只有小拇指大小，裡面的生物可成為我們貧窮日子裡的菜餚。

多年來，因為養殖業抽取地下水的關係，地層下陷，我的沙丘內河已經失去蹤影。有一段日子，我的夢在鄉村的空地上，竹筏到處在空曠的地上矗立起來，如同紀念碑般伸向蒼穹。

由於環境的因素，鄉下人精神信仰神殿裡的龍柱和膜拜的香非常吸引我。龍柱整個感覺和一串牡蠣之間的神似，使我體內產生了某種分泌物，許多事物都是如此營養和內含劇毒，和香煙一樣，並不知道何時出現效果。

民間信仰的圖騰、鏤空的窗櫺、花草、牡蠣、香、空氣、水和陽光，在在都是美的傳染病，長久以來，我確信那裡有著海一樣斑斕壯闊的世界。

幾年前，我在泥土上創作，純然是為了一種生活，就好像在沙灘上對生命的寄託和移防一樣，作品本身常常並非我喜悅的擁有，我在開啟石膏模後，往往吸引我的並非烤番薯般的作品。那個被研究、洞察和切割過的模子，挑空神祕的部分被安全的厚度支撐著，深陷的弧度，有著虛實的幻覺。我約略知悉有種更廣大的空間正等待我的思想，就如蛋殼對某種需求來講，它原可能比蛋黃重要。

模子在此，相當於祭典的容器，因此，容器具有甲骨文性質的語言；亦如鳥在空中飛翔，透過眼睛，我們的思想就是容器，於此，中國人漸漸清楚

文字在自然界中成形的意義。

前年，我去了一趟印度，阿育王石柱又擴展了我的信仰角度，梵文的造形和甲骨文，動了我的心魄。僅此，我確信文字是一種平面的雕刻，文字在青銅器的鳥獸圖騰裡，具現了立體的神采，現代雕刻其實都是象形的文字，而我並非書法家，無需印證文字的內容。透過個人生命的歷史、經驗、喜愛、偏執狂、戀物癖等等，許多可訴性，都可能在簡單或繁複的線條裡，標示形象傳遞的信息。牡蠣柱、龍柱、窗、甲骨文、香、竹筏、紀念碑，都只是造形單一化之後的蛛絲馬跡，只是人生舞台的背景。

在作品上，開始，我重視線條空間的佈局，就像在石頭山裡，規劃如宗教的石窟，方位空間和深度的安置。我喜愛挖去的空間，準備讓「神像」有近人的機會。

我從柱子裡放走一隻野雁，天空便飛來一隻老鷹，引來一陣閃電，在我的避雷針裡躲藏。

蛇從冬眠中驚醒，一溜煙地把石頭鑽成一個洞，水流了出來，把兩扇門蛀成一個玄關。太陽偷偷地走到影子後面，把一片森林燒成寺廟的香。一隻四不像的動物漸漸把自己的身體拉長，然後分離四肢，大床上的夢魘突然張開，幾根突變的彈簧筆直的拋向天空。衝壞了一股高氣壓，幾個飢餓骨瘦如柴的人站在雲端，模擬孫悟空的金箍棒。

我的〈甲骨文如是說〉，其實是一枚枚四面八方位的印信，裡面，我刻著人精神層面的形態，是人內在森林的爬藤，唯一的目的，是要引燃鞭炮，接近祭典，接近陽光。接近宇宙。

甲骨文如是說
材質 青銅
尺寸 71×61×85 cm
年代 1989
作者 楊柏林

飢餓

我有一種感覺，爆破性和預言似地支配著某些特別的日子。譬如早晨，我開著車，突然想起自己好久沒有發生小擦撞了，日落之前，我真的出事。有好幾次，想起輪胎怎麼久久沒洩氣？三天之內，預備胎就快快樂樂鑽入我的車軸裡。甚至感冒和胃痛的事情，都是思想以後發生狀況。我絕對不是一個神經質的宿命論者，可是，心情若莫名其妙地輕浮起來，就有一件不如意的事情在前方向我呼喚。真的，需要錢救急的日子，假如我憂鬱著，必然有貴人在背後相助。

以上，千真萬確。我從來不是編故事言歡者，除了生活。我最需要一間山上的工作室。只有這回事，不在三日之內，而是十年以後，許多諸如此類的事情。長久以來，我一直埋在心中，很可能我心智某種怪誕的思考方式，使我的潛能靈敏得像隻在黑夜中飛行的蝙蝠，另外又天真得害怕一洩露天機，幸運之神只留下一個沒有禮物的空便當盒。

天長地久，天地系列
材質 青銅
尺寸 55×55×435 cm
年代 1989
作者 楊柏林

目前，我所擁有的，絕對不是偶然的現象。這間面向大海洋的三合院，觀音石砌的百年古厝，有著廣大的視野，風大、樹大、蟬聲響亮、星月誇張、日照時間特別長，西北方淡水河出海、天空又常常藍著，一切，似乎正說明我追尋的，其實只是童年夢的延續。

每年秋天，海翠綠得像蒙古大草原，這青銅般的綠，使得我特別容易想念南方海邊的故鄉。今年四月，我又去了一趟大陸。但在那片大土地上，從來沒有故鄉的溫暖，除了宗教藝術還能感覺整個生命和祖國接上關係。我寧可告訴人家，我出生在一個貧窮的海邊，我也不特別為自己永遠殘存的雲林鄉下濃郁的口音難過。我習慣性地，在高山族似的臉孔上，流露出草地人說話的調調，即便如此，一般人仍難以辨認我真正的祖籍，而這件事也已經非常平凡有趣了。

父親在外海的沙灘上追到一隻小海鳥，送給我當玩具。我相當害怕那隻鳥在幽暗的客廳張開翅膀撲動的聲音，那聲音比一頭在屠夫刀光下哀鳴的牛還讓我恐懼生命的脆弱，但是，我更害怕那隻貓在我四周劍拔弩張；我突然深深感覺擁有如此美麗的海鳥，所有的心情，只剩下顫慄，和日後對生命的認識。

上小學後，我所有的玩具都是自己動手製作——鐵絲三輪車、木板和線軸釘製的各式車輛。我用一把大柴刀刻小陀螺，在黑泥裡，玩日常生活器皿；黃昏玩開天闢地的遊戲，像沉醉在工作中的創作者，幾乎忘了被貓吃掉的海鳥。如非這點可愛，小時候，我幾乎是個壞孩子——我貪婪好吃，食量又大，鄰居們都叫我「大心肝」。如果我在午後，無法從竹櫃裡偷吃一點腥臭的魚，或是過了花生乾糧的季節，我便漸漸暴露出被小雜貨店玻璃瓶內的糖果引誘的瘋狂，彷彿小雜貨店的食物和父親的香煙一樣，具有一種特殊的魔力。如果我因此在母親陳舊的梳妝台右邊搖晃的小抽屜，找不到一毛錢的小銅板，我胃裡飢餓的小蛔蟲，就會逼得我像找不到骨頭的餓狗，四處亂撞；母親若無法從鄰居借到一毛錢給我嘰哩咕嚕的胃充飢，我便破口大罵，所有學到的三字經，都紛紛出籠。

有一天黃昏，父親從海裡帶回一些新鮮的魚，母親的大米缸底正好還有一點年節才能使用的白米（平常我們只吃晒乾的番薯籤，黑壓壓、澀澀的主食）。母親煮了一鍋稀飯，我一見到那鍋白花花的白米粥，興奮得不得了，心想，熱稀飯吃起來太費力，於是，裝了七大碗，在長板凳上，一字排開涼快。父親見到鍋裡的稀飯所剩無幾，一氣之下，把桌上的晚餐，連同七大碗可口的稀飯，一掌打入夕陽西下的庭院中央。現在，輪到父親破口大罵三字經了。我嚇得跪地求饒，還是吃了一頓扁擔。母親為我說情，父親就開始罵母親，罵到天黑黑，罵到滿天的星辰像散開的白米般晶晶亮為止。

而冬天裡，偶爾，我還能在鄰居餵牛的甘蔗葉堆內，找到幾根不甜的甘蔗尾巴，我往往一找就是整個下午，整個黃昏。我不喜歡洗澡，大約半個月洗一次，洗澡只會使我更加飢餓，而這種飢餓，無法在母親匱乏的菜單上找到。腥臭的魚、花生、豆腐乳，這海邊僅此供養的小餅，只能燃燒我一小部分生命，另外絕大多數，必須自己尋找。

我不知道自己強韌頑抗的、豐沛的生命力，是否由於飢餓、由於父親的關係？他一生只愛吃魚、談魚，和有關船的事情。前幾天他老人家很想去基隆看看大船、彷彿船的種種，可以迎接他的心情去到廣闊的海洋。父親執著所有關於海的事情，就像我熱愛藝術那樣。

今年九月初，鬼門關上鎖之後，我為父親準備了三十幾道天地之間的糧食，但是，父親的胃疾使他消瘦得如同一具皮包骨的木乃伊。父親的三字經結束運轉的日子，竟然是他生命接近終點的時候，母親每天以淚洗面啊——沒有三字經的日子好苦呢！

昨天夜裡，父親開始吐血，血從口中旋轉而下，像蠶吐出最後的精力。血抵達地板時，我驚慌得目瞪口呆，那一條條柱狀的血絲，不正是我「上昇」的作品嗎？

暗黑色的血，如硫磺侵蝕過的青銅，這青銅般的血絲，似乎正為我創作的

圖騰點名闡釋。

父親的病愈接近我的展覽就愈惡化，現在，他無法吃任何東西，連喝白開
水都是一件痛苦的事情。我不知道，如果小時候我沒有裝七碗稀飯乘涼，
父親吃到那次晚餐，或者，我平常少吃一點，不必讓他那麼辛苦，父親的
生命是否可能延長？延長至可以品嘗這頓特別的、不必經過胃消化系統的
「天地」野味。

是時候了
材質 壓克力、布
尺寸 145.5×89.5 cm
年代 2012
作者 楊象

談心

一九八五年，我非常辛苦地運了兩大卡車的雕刻到高雄和台南的文化中心兵分兩路特展。那個年代，差不多如同美國人跑到越南的叢林裡打仗一般，即使我思想裡有一箱箱精密的M16和子彈，也是英雄無用武之地。我陷入現實的泥濘之中，被壓縮的靈魂，竟漸開闊起來。

今年，一九九二年，我帶著這些年陸續創作的雕塑，來到正在開花的南方大城，而且，我要「溝通」的地方，非常特別，標高二百多尺這麼高，空氣又稀薄的樓層。我能遇到多少的知音，恐怕只有下弦月比較清楚吧！

島嶼系列 — 福爾摩莎、對話、島嶼
材質 青銅
尺寸
福爾摩莎 — 660X233X110cm
對 話 — 340x126x88cm
島 嶼 — 155x84x57cm
年代 2000
作者 楊柏林

這次的〈談心〉從知道、確定、展出日期，只有十幾個日出、日落，時間短得像一件幾乎不能穿的迷你子彈內褲。可是我還是喜歡「空間遊戲」的感覺，主要是由於體內的某種潛能，會使我如同漲滿空氣的熱氣球，正在「上揚」。

不知為什麼，我漸漸有些厭倦自己討論自己的作品，何況有些作品已經好幾年了，我對新的事物充滿精力，對未知的充滿好奇，即刻想要完成的一件作品才有興趣。

其實，我一直在線條中打轉，中國文字、山巒、森林、海岸、蒼穹、傳說、人，這一切總是要回溯到個人內在生命的躍動；〈談心〉，便是如此來的。當我《向前走》的正片沖出來後，我突然感覺背景蒼茫瑰麗的場景，正是我夢中不停出現的影子。

這個造型來自我常用的剪刀，五金工具是最平凡的東西，但裡面有人們共同生活的情感，熟悉又孤單的形式，憂愁且悲壯的步履。

前方，有無數的〈玄關〉如同書法般的〈門〉，通往我醉生夢死的世界。

我很喜歡一首歌「向前走」，我的作品製作年代是一九八六年，由此，我想起剪刀手愛德華。前一陣子我常吃到麵線，最近我莫名其妙把馬尾剪掉了，就像一百天前一個深夜以後，我便不再吸菸那樣自然！

天上人家
材質 FRP
尺寸 81×67×39 cm (模型)
年代 2011
作者 楊柏林

再生

今年除夕，由於母親的血壓高到她老花眼中的小竹筏有翻船的危機，我迫切地猛踩渦輪增壓的油門，趕回中南部海邊的故鄉。另外一件事是北美館二月二十七日有一個聯展，我的大型裝置作品其中一個重要的材料必須是我非常熟悉深刻的東西。只有海邊才有。

過完初五，母親來台北檢查身體，八十歲的母親一直要求我一定要載她去北美館參觀我的作品。上次我在北美館雕塑個展已經是一九八九年的事了。那回，父親在我展覽前一個月去世。因此母親在此刻不降的血壓讓我忐忑不安。除外，我自己的呼吸困難，我的心臟擴大，連中醫師都能從我的脈搏上，得知我心海中這個孤單的島嶼正在地層下陷。可是，在北美館聯誼春酒餐會上，主持人介紹我是個身體強壯的原住民，印地安人。是的，看起來我仍然有力地坐在臉盆大小的竹筏上用一雙染血手釣大白鯊呢！大約十一歲左右，我常常與母親走在一片廣大深遠的沙灘上，我們要走五十分鐘的路途，去到銜接外海的邊際沙丘裡。我們要在颱風過後，把埋入沙裡的牡蠣柱移防到一處新的、接近潮水的據點。我們沒有穿鞋子（沒有鞋穿），牡蠣殼銳利的凌角，通常要在我們的腳掌和手掌裡，留下一大堆深刻的傷口。我們的血由海裡冒出又馬上在海裡止血；在還沒有污染的海域受傷，海水就是我們的消炎水、止痛劑。整串的牡蠣柱上，有許多不同種類的小螃蟹，就像森林中的大樹上有許多不同品種的昆蟲那樣。我整天都處在飢餓的狀態，但是我從來不覺得牡蠣是可以吃的。我只是非常

驚奇地觀察柱狀上移動的生物，彷彿整個海洋的蠕動和呼吸，都直接傳送到我手中這根像祭司的法器上。

美麗的黃昏回家的路上，我們的影子會被夕陽拉到有一公里橡皮筋那麼長，長到我若跌一跤，幾乎就要撞到遠遠遠遠的老廟上八仙的燕尾。而我有時會擔心背後，夕陽遽然下海時，我長長的影子上那個小小的圓頭，會被太陽巨大的能量彈到天尙未黑之前趕到的星辰裡。

一九九八年十二月，我參加福岡亞細亞創彩空展，石川幸二會長一直用手語比台灣選舉街頭上飛舞的旗子。他覺得很好笑又好玩，但是我的感覺不同，我覺得那是台灣人生命力的吶喊，這些旗子竟然使我情緒高昂了一陣子。

比起整個台北大環境視覺上的污染程度，那些旗子其實滿可愛的。每個政治人物都笑得大長，又因爲布的關係，特別誇張，某種柔軟的身段，至少也柔軟到如同未乾的落葉，很快就像廟會上即將焚化的金紙一樣。

大約兩個月前，畫家施並錫打電話來邀請我參加《見證‧反思‧再生》展，他要我選擇三十幾個題目中的一項，我簽了並不很喜歡但有感覺的「族群融合」，因爲我腦裡浮現出一個壯麗的畫面。

我畫了一個28×28×18m的草圖，其中一件附裝置材質牛樟浮木就有九公尺高三公尺寬，我愈畫愈興奮，突然發現自己正在弄一個裝置性的紀念碑。展覽前十五天，我得知構想無法在美術館的廣場上實踐，因爲，我們的策展人到這個時候才知道二二八只能在三樓館內玩完。
現在，時間與空間都被壓縮了。

展覽的標題《見證‧反思‧再生》都切中我的心境。

看過美術館三樓展出的現場後，我決定在這個700×800×430cm的壓縮

空間內，衍生出廣大深遠的視覺張力，就像壓縮後增壓的引擎，不能只看見馬力和扭力，我要釋放的是我的過去和未來的世界風景和心情，這才是馬力移動空間中最重要的關鍵。

而此刻我又必須先通過痛楚的第一關。

我的展地有三片加起來相對於400×700cm的落地窗，玻璃外有一條無用卻礙眼的欄杆，欄杆旁又種了仙人掌科植物。這些多餘的建築附加物正好和窗外凌亂的美術公園一樣，總是猛然就捅我一刀。想想看美術公園給人第一印象，不是那些國際級的雕塑藝術品，而是那些裝飾太過分搶眼的涼亭和走廊。我相信即使原來荒蕪未開發的公園來擺藝術品，都要比現在好上一百倍。我們的景觀設計師常常要把一塊小地方，弄出一道大大設計師的「藝術品」。有時候，硬體設備只能有藝術品下方那張小小標籤大小即可呢！

我把視線拉回裝置中的空間現場，注意集中在手裡的竹竿，像站在大海中的竹筏上，我把八十八支10×12×401cm的竹子，空間疏密地集中，矗立在幾乎是寺廟主神與香爐的位置，結構張力點安裝在三分之一高度以下，如同密宗的千手千手印，從環保局申請來的競選繽紛的旗幟，是我超生的咒語。小時候，乩童手中的稻草人，彷彿一千個耶穌被竹子綁架在竹結上。主題燃點區架構完成後，加上牡蠣殼的纏繞，綁緊在竹子上的旗幟已經像千萬個在壓縮裡膨脹的微生物，以及我手中工作留下的鮮血。那堆竹子似乎像個巨大的幽靈，在點燈後，活了起來，站在牡蠣殼的海灘上。

非想非非想天
材質 台灣竹
尺寸 108×108×260 cm
年代 2011
作者 楊柏林
2012/7/07-2012/9/02
台北市立美術館「非形之形──台灣抽象藝術展」

幾個煉銅爐，使用過度地被放置在海灘的左邊，爐子裡裝著塊狀的泥土，泥土如石頭，也是時間和空間靈魂不死的再生種子。藝術品就是這樣透過自己內在的成長與反思的過程，在過去和未來中找到個人歷史與社會歷史精采的互動光芒。

大約十年前，我每次回家鄉，到處看見一堆堆壯麗的牡蠣殼，這種不停在生死輪迴的材質，迷人的生活化景觀，似乎透過思維的紅娘，就能成為藝術品動人的形式。七、八年前我常在「伊通公園」走動，我一直希望能以單純牡蠣材質做一次裝置展，伊通雖然是我驛站，我常來上廁所。我一直謙卑地向他們申請展覽事宜。一九九六年初，我計畫了《浮生》的展覽也畫好以牡蠣設計伊通的草圖，在還來不及交給他們過目時，就已經被否決了。

我想大概因為我平常做景觀雕刻，像那些拍裸體寫真的脫星，不被認定是「演技派」的吧！何況，我沒有「同學」護持。後來這個材質前兩年被人使用了。 因此，用牡蠣殼這個材質，對我是個不得不完成的感傷使命。

就如同你是新大陸的原住民，專利權卻被哥倫布申請使用一樣。

其實生命就是如此，絕對要當下，等待只會留下遺憾。雖然同樣木頭可以刻不同風格的藝術品，但是特別到本土Logo的材質就會有品牌認定問題。無論如何，藝術家還是必須實踐作品後才能獲得再生的能力。

我寫了一首〈再生〉，記述這種感受：
肉體早已腐敗
靈魂的扁舟隨著潮汐
接近重生的海灘。
歡呼與悲鳴罔時合奏

台北市立美術館 228 美展：「歷史現場與圖像──見證、反省、再生」

飛行的種子

每次展覽或搬運雕塑作品,很少不用吊車安裝,我非常喜愛這過程,甚至興奮的地步。很重的青銅作品被懸浮在空中,那種感覺像乘著心靈的飛行器,在天地間尋找一處生命安住的定點,令我深深著迷;又像一隻蒼鷺,在原野上找到延續生命的能量──「獵物」一樣。

大約六歲的時候,我獨自一個人,走到一公里外的沙地池塘邊,攀爬到木麻黃樹上,高聲對著天空唱歌。後來是祖母老遠跑來叫我,原來有兩個漂亮的小妹妹,從更南方一百公里外的城裡來找我玩呢!

同一個地點十碼外,十一年後,我又高聲地唱著歌,卻被一隻烏鴉凌空追逐著。那隻烏鴉猛向我的頭部攻擊,彷彿在警告我,我侵佔牠的地盤。「土象呀!你在哪裡?」

最近一兩年,我的腦海裡常常出現祖母的呼喚聲:「土象呀!你在哪裡?」在苦澀的年代裡,我的舊名字背後似乎附帶著小美人在等待我似的,提醒我遺忘的某些生命替代能源。

十七歲以後，「楊象」在做畫家的夢、被烏鴉追逐的那一年，我的名字變成「楊柏林」。我一生中能夠讓自己感覺遺憾的事，就是楊象這隻土象被楊柏林的身分幹掉。之後，楊象就如同《歌劇魅影》戴著面具的幽靈般，只能默默地為楊柏林畫畫草圖。不知道是否因有兩個名字的關係，還是我的個性本身就具備粗獷與細膩、自在與神經質的基因特性，我常做完一件作品後，馬上會被腦子裡的另一個自己，唱反調地批判著：是否有另一個方式更能使作品的空間關係、完成精神互動的環保效應更佳……因此，我的每一件作品往往在完成後，會有三、四種形式與革新的版本，雖然面對自己的戰鬥感覺非常疲憊而呼吸困難，可是一旦相信自己有許多尚未開發的原創能量時，關於辛苦這件事就變得有趣味了。

以目前的情況，我的確高大而特立獨行，連最起碼的長相都不似土生土長的番薯。我給人一種國際種族的印象，「你是印地安人？阿美族？成吉斯汗？南美洲墨西哥？義大利黑手黨？外勞？……」難怪我在藝術圈裡，找不到適切的「土流位置」。在文藝界，我充其量是個標準過客；在家庭中，我又如同正常家庭客廳上，多出來的一隻客座生禽猛獸，我隨時都可能在內心交戰中咬傷家人；在朋友中，我只偶爾像跑出自己領地的保育動物，很快地遽然消失在不熟悉的都市叢林裡。我比較處在現實和夢想的腳不落地邊界，還不至於空虛，卻獨愛在虛空的國度，收集虛空的樣貌。

寂寞的運行軌跡

小時候，我在同伴中被孤立著，因為我贏了同伴大部分的玩具家當。我的大通舖底下擠滿各式各樣的戰利品，彈珠、橄欖子、龍眼子、紙包；我自己雕刻製作的扁釘陀螺，常削破夥伴的玩具；大約小學四年級後，玩伴都把我列入黑名單。寂寞使我取走姊姊裁縫車上和抽屜裡的木頭線輪，製作手工汽車、火車，用撿來的鐵絲雕塑腳踏車、三輪車自己玩。夥伴驚奇的眼光使我雙手運行軌跡有了光明的接觸。黃昏，我仍常一個人坐在破舊客廳的門檻上發呆。想像父親從海裡弄回一些新鮮的魚。父親克難的網通常只能捉到小而非常多刺的魚，即便如此，那都可能是我們除了番薯、花生之外，唯一豐盛的晚餐！

宏盛帝寶中庭安裝「銀河星光燦爛」作品

銀河星光燦爛
材質 不鏽鋼
尺寸 2088×1088×508cm
年代 2007
作者 楊柏林
設景地點 台北市仁愛路宏盛帝寶

馬路上的麵包夢

十三歲上台北，到了二十七歲仍常常處在飢餓的狀態——物質的飢餓和精神的飢餓，使我的夢常常出現自己一個人沿著自然的河岸走路上台北，穿過森林，採野菜果腹。這個青澀少年追求糧食的夢的畫面，竟然非常深刻和烙印在我的記憶中，印象強烈到幾乎相等於梵谷將自己的耳朵送給高更一樣。而水果在童年風飛沙的村落裡，幾乎就是夢中的貢品。

「那是一條車輛稀少、木麻黃仍高聳入雲的鄉野道路，我的身影從另一處時空跌落在這樣的景觀。陽光被針葉樹分割成帶狀的粉條光柱，在林木的陰影裡，我的身體是樹、空氣和陽光的一部分。我看見深遠的馬路上擺滿麵包，就彷彿一塊十公里長、五公尺寬的日本印花布，點狀整齊地放著精美的下午茶點。我的驚奇佔據了飢餓的渴望。當我企圖用藝術的形式記錄這個超現實的夢幻場景的心思啓動後，馬路上的麵包視覺景觀，瞬間，轉換成一堆堆的人糞。」二十八年前，我十八歲，上帝的裝置又一次戲弄我的「飢不擇食」，另一方面可能夢境提示我往立體的藝術形式發展。

被一個巨大幽靈追逐

「我駐足在一處接近城裡，但有優美山林的後山馬路上，池塘邊有一支大的木椿，而我隱然走入靄霧的山林裡。我的畫架下方的土地上，還殘留前輩畫家水彩顏料的遺跡，我的畫布是空白的，眼光被馬路上方一堆生鏽的鐵條吸引著。我猛力地咀嚼生鐵的滋味，就如同童年在牛的食物堆裡，吃到最後一節的甘蔗尾巴那樣。」

「冬季，在典型南方海邊乾涸的池塘裡，乾池塘的邊際仍然是乾池塘。黝黑幾乎見不到木麻黃屍骨的天空版圖上，繁星不再。空氣爭先恐後地鑽入乾硬的土地裂縫裡，連空氣都努力地在尋找黑暗中倖存的生存空間。已經許多次了，我總是重回這個噩夢的現場，被一個巨大的幽靈追逐著，奔過一個乾池塘又一個乾池塘。我那個極度驚恐的童年身影，猛然回首，竟然發現這個面目猙獰的劊子手，幾乎就是成年後的我。」接近「跑路」的狀態。

從前次個展到一九九九年九月，我已經十年沒有個展了。到了藝術清倉的季節，我早已感覺一大堆耕耘的作品，在擁擠的世紀末，應該要貼上過期運動鞋的標誌，重新回到現實生活的基本面，回到更簡單一點的生活空間。

我必須承認，我著手寫這篇文章的動機，是因為動盪不安的生活，已經強烈到幾乎腐蝕展覽的情緒。我若不在此刻，由另一個不死的靈魂繼續呼吸，我會不知如何躍過公元二〇〇〇年。

幾十年來，我在心中隱藏一個可怕的認知——我相信藝術是浪漫冒險的事業。因此，直覺把自己嵌入沒有明天的場景裡，讓自己的身心接近「跑路」的狀態，覺得這樣比貧窮更壯麗，仿若唯有如此，內在壓縮的動力才能提升到增壓表上高扭力的輸出，才能在一個實質接近上帝與魔鬼的山峰上，看見絕世出神入化的日出呢！

心靈之窗

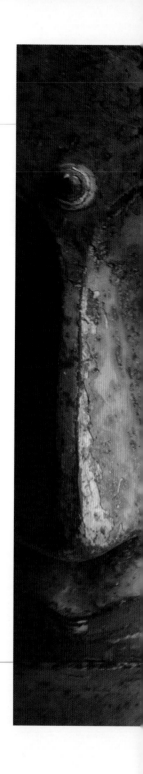

一九九八年我在西藏布達拉宮裡，遇見一位年輕俊美的喇嘛，他對我熱情的招呼，彷彿五百年前，我們是同門師兄弟或是師徒關係，我從他深邃明亮的眼神中，發現一種如光的信息。

二〇〇〇年八月上旬，母親移入台大的安寧病房，途中幾次經過一家骨董店，我被一尊微笑了五個世紀的佛頭像，深深吸引著。

中元普渡下午六點十分，茹素十年的母親在末期胃癌急促的呼吸中，大量吐出黑色血塊的最後一口氣，母親痛苦緊閉雙眼的淚水，使她往生呈現悽楚罣礙的樣貌，蓋上往生被。各方活菩薩親人為母親助念八小時。妻子小心掀開母親頭部的往生被，那個布達拉宮的喇嘛，這尊文革被破壞仍充滿智慧的佛頭像，讓我看見佛涅槃的面模，莊嚴的拓印在母親安詳的微笑上，泛著奇妙柔潤的光澤。

佛不示現神通，只希望我們看見生命在大空間中延續、因果循環的真相。南無阿彌陀佛。

15世紀佛像
攝影 劉慶隆

火焰之舞

康柏斯突然來了一個大轉身，可是敏督利的威力仍埋下伏筆，「出草」不
休。

環保署北投垃圾焚化廠有個開幕式，馬市長要來，我沒收到請柬，主辦單
位說有寄？我穿著一件無袖的白色背心、卡其色西褲，外加一件米白色無
領夏姿典雅新古典外套，這已經相當於婚禮主角的行頭。

火燄之舞
材質 黃銅
尺寸 470×430×1110cm
年代 2004
作者 楊柏林
設置地點 北投垃圾焚化廠
攝影 劉慶隆

在我製作的公共藝術〈火焰之舞〉的廣場上「辦活動」，就某種意涵，我是一個角頭的角色吧。在入口廊道穿著粉紅色襯衫承辦公共藝術的行政人員，對我非常客氣，彷彿我真的是一位高壯威猛的黑道大哥。除此之外，進入廣場喧嘩的人群，好像有人認識我，卻沒人招呼我。我就像十二米的〈火焰之舞〉鶴立雞群，佇立在人群中央，竟然感覺本尊如同透明的遊魂，身體又像那些吹氣的高大卻虛空的氣球人。他們並沒有把〈火焰之舞〉變成舞台的中心，反而另外加裝臨時舞台，以便一一感謝政治人物的辛勞。可能沒人告訴馬市長〈火焰之舞〉是公共藝術，或許市長在匆忙中還以為那是一個特別製作的很像銅的氣球道具，他們在頒發感謝狀給營造廠，卻完全忽視非常用心的建築師、藝術家。

就像公共藝術評審許主任委員曾經說的：「這件藝術品在公共工程裡，一百年後，焚化廠可能成為不再實用的廢墟，可是〈火焰之舞〉可以成為最具回收價值的公共造產。」我其實並不在意是否能坐在他們所謂的臨時性貴賓席，只是遺憾這個時代台灣的公家機關政治明星，竟然如此缺乏藝術人文的素養，荒謬近乎文革，放逐文人，凸顯勞動工程，甚至連媒體也只是在追蹤政治、八卦的煙硝味。我置身在這種場域裡，感覺像是在夢中──一群人在我莊嚴神祕又充滿原始生命能量的藝術時空中，漠視藝術存在，只搞政治活動。」

我本以為可以受邀上台，談談〈火焰之舞〉的創作概念。我的創作概念才是我寫這一篇文章的最大能量，我被重視或忽略也將成為感恩或吶喊的動機。 當很有群眾魅力的馬市長正在高談未來這片大地的願景時，在人群外圍，我像蟬一般脫掉那件夏姿的外套，這讓我感覺比較自在，好像我們只是適合打工的土木工程系列中五金項目的外勞。至少，我揹著相機，更像記者了。

就在此時，我感覺整個頭非常癢，好像剛剛淋了一場酸雨，於是落荒而逃。

「馬市長，抱歉，請把麥克風先借給我幾分鐘。」我突如其來的動作，帶點憤怒的神情，連馬尾巴都翹起來，就更像這群政治集會的特性，小舞台下的眾議員紛紛站起來，舞台背後高聳的〈火焰之舞〉似乎也點燃了戰火，變成往天空急速竄升的藍色火焰。市長仍緊緊握著他的麥克風，彷彿麥克風被搶走，就無法完成市政藍圖和未來願景。 記者們現在變成了手握獵槍的獵人，我成為新的一頭發怒的野生動物衝入都市叢林。

「各位先生女士，我是你們背後公共藝術競賽第一名作品〈火焰之舞〉的作者，就像你們左側非常漂亮的游泳池的建築師一樣，我們是公共工程裡的靈魂角色，可是你們幾乎忘了我們的存在，我們並不在乎獲得的感謝狀，是不是因為我們不是從國外請來的貴賓，就理所當然地被如此幾近踐踏地忽視？你們不能把藝術家的努力只當成你們活動的高大的山姆叔叔氣球！」市長很有可能成為未來的總統，我們並不相信馬市長對文化建設的深度、對藝術品在公共空間對人生擁抱希望的影響力沒有覺知。我很悲傷，事實正是如此。我知道各位都很辛苦，三家營造工程延遲了幾個月，因此需要給他們一張感謝狀。但是不能在教堂中只談論政治議題，我只是個低調卻努力工作的創作者，卻必須用獅子般的怒吼維護我的尊嚴。眾議員和記者們突然以獵人誇張姿態停格在巨大的〈火焰之舞〉陰影下。馬市長仍緊緊握著麥克風，然後〈火焰之舞〉就像龍捲風消失在天空中。

「先生，你的頭哪裡還在癢？」一個溫柔少女的聲音從我耳邊傳來。

「先生，你要潤絲嗎？」我疲倦地睜開眼睛，愕然在我視覺天井上，看見一個很像馬英九的少女穿著泳裝正在幫我洗頭按摩。

燃燒的希望

我五十歲了，感覺人生才開始，創造力使我更年輕，我重新要回十八歲失蹤的青春。除了繼續創作，公共藝術設立確實讓許多藝術家有了「表演」和競爭的舞台，我算是受惠者，但是沒有用心地努力、再努力，我無法獲得那千分之一的機會。

我閱讀百科，洞察大自然的奧祕，欣賞精妙的世界建築，聆聽動人的音樂，收集原始藝術品，再品賞現代藝術集錦，想想這世界如果沒有這些，活著就會感覺乏味。 但是當一個人學習和吸收許多人生的語彙，如果把這些內心跳動的章節變成單一純粹的造型，這又像修行者需要有禪定的能力，讓自己回到大自然的機制，在這機制成為泥土重新誕生。一株草、一朵花或一粒種子、一棵仙人掌、一顆海邊的石頭，以一種生存具有風格的尊嚴重新誕生，像一個玩泥巴的孩童一樣，我的世界就在我的手中重新誕生。

〈火焰之舞〉的創作概念可能來自許多方向，垃圾是眾人的廢棄物，在造型的型態上，我希望燃燒的垃圾的火焰中，有人類的希望和悲歡離合，因火焰的鍛鍊而成住壞空。火是創造、毀滅和再生的專家，因此成為一種靈動、一種神的奇蹟，這〈火焰之舞〉有許多不同造型的人物，正為再度成就自由和創造力舞蹈著。

火燄之舞
攝影 劉慶隆

改變的力量

重回自己創造的空間，站在經典又突然非常乾淨的觀音石地板，因為感恩而有種踏實的感覺。那尊北齊的石雕，遠遠地立在正門玄關的背後，向我微笑著。其他的非洲面具也在屋子不同的黑暗角落裡竊竊私語，此外，我的耳鳴似乎更大聲了。

順手，把那雙穿了十幾年的克拉克放入後門右側隱密的鞋櫃。看見所有的鞋子都回來了，而且所有與她旅行過的鞋底，都彷彿被消除一段深刻的記憶。再看看另一個衣櫃，白襯衫安靜地掛在原來的位置，找不出有任何感情出差的摺痕。尤其那幾件洪麗芬特製的湘雲紗大外套，更像從來沒有去過任何宴會？只剩下心中一道裂傷，還在隱隱作痛。

晚上，工地主任小潘出現，我告訴他明天要去上三天課，需要早點休息。二十分鐘後，我們已談好工作室的鋼結構，接著他一直向女兒及太座延宕回家的時間。我的沉默使他覺得自己的健談是一件重要的工程，我下意識脫掉外褲，希望他能馬上告辭。我坐在黑色科比意經典沙發上，小潘還拿著空了的威士忌酒杯。他是一個少有的高大俊美帥氣的阿美族可愛大男人。他愈說愈起勁，我忽然驚覺到自己穿著整齊的上衣，下半身卻只剩下

一件內褲。在一個說話如此興奮的大男人面前，我有種被強暴的感覺。我有點懊惱自己莫名其妙地陷入荒謬的情境，神情卻又一副自在瀟灑的模樣。

三月十日，帶著疑惑和之前三天的掙扎，反正低潮都低潮了，就試著讓自己近四十年沒上課的經驗，轉接或許前方的世界有所不同！豐富、緊湊、濃縮，卻貫穿人性任督二脈的三天二夜，結束後又過了兩個三天，我的情緒仍然因感動而澎湃不已。我每天都在思考如何表達這次動人的心路歷程，一次驚天動地「改變的力量」。

在這裡，我無法用速描的方式圖說整個過程，因為這是深度互動性啟發，就像佛法無法只是進入經書典籍就能開悟，實踐和行動才是關鍵的黃金七十二小時。我僅以一段當時「分享自己」的時間，來重回圓桌的現場。燈光漸漸暗了下來，九十一個靜坐的人圍成一個很大的圓圈，燭火像從地底冒出的靈識，柔和的光暈點亮每張充滿善良和祝福的臉龐。此刻，地球彷彿就是這麼大、這麼可愛、這麼溫暖。一雙細緻且熱情洋溢的手把我推了出來，我人就像一艘小船搖到湖的中央，四周就繞著九十一個山頭，揚昇的霧氣開始飄動起來。

「我是楊柏林，『我愛您們』。」但後面這句話竟然躲在舌頭底盤，我寬鬆的衣褲此刻的確發揮風生水起的效應。 腦子閃過前一天脫褲子趕人的事。只怕如此巧合愈描愈黑。「我很勇敢地上台，並不是因為我昨天快速脫了褲子而讓我的第三家庭（圓桌教育）獲得一個活動的第一名才產生的力量。其實是因為我這三天流了太多不可思議的眼淚，可能比一輩子還多，這些淚就堆積成金字塔般的奇蹟。」

「好吧！我就從Peggy對我的形容開始。我喜歡她對我的描述：我像一座森林，一片幽暗神祕的森林，裡面有動物、植物、昆蟲，石頭、溪水、鳥類，我保有自己特有的生態系統。」而這兩三天注入黑暗森林的陽光特別強。我說：「Peggy，妳就像一隻羽毛華麗的鳥。」但是這三天她謙卑低

調，刻意換成一身質樸；平常的她有著精采絕妙的語言，風情萬種地駕馭著人際關係；無論何時她背後總有一道光讓她的朋友感覺溫暖。我們緊緊地握著對方的手，看著對方歡愉感動的眼神。很開心有這麼一個美麗大方的「兄弟」照我，使我的人生充滿溫馨與希望。

「我出生在台灣窮困的雲林鄉下海邊，父親是漁夫。這樣的生命背景，讓我覺得是人生最幸運的事情。我從小就很酷，從不向親戚朋友打招呼。本質上，我應該算是接近選擇性自閉症的小孩，酷到最疼我的祖母往生我也沒哭。我以為九十四歲往生，在夢中沒有病痛地離開，本來就是人生美好的結局。

「父親在我北美館的第二次個展前一個月癌症去世，我也沒哭，我沒哭是因為我認為父親活該。因為他非常偏食，不吃自己種的地瓜以及蔬菜水果，也不吃不是清晨從魚船現撈回來的活海鮮……然而，父親卻窮到三餐不繼。展覽的前一天，在開往美術館的路上，我一個人放聲大哭，因為我知道父親沒有笑容絕對是因為文盲、窮且自卑，致使他以苦澀無奈的冷淡來回應他對孩子的期待。我的父親，或許我們一家實在太像從畢卡索的『藍色時期』油畫中逃出來的人生。剛失去父親的展覽特別孤單呀！

「應該是我國小三年級的時候，有一天深夜來了一位美麗的女人，她在我家煮了一鍋香噴噴的『純白米稀飯』。我不敢問母親人在哪裡，就因為飢餓而興奮起來；也不管美麗的女人是誰，反正聽鄰居說父親今天撒網豐收，就大剌剌地拿了五個碗，打算涼了稀飯好大吃一頓。父親眼神立刻像那五碗燙到不行的稀飯，他臉上少有的微笑也即刻消失，跳了起來如同成年獵豹正在撲殺一隻親生的小獵豹那樣瘋狂，狠狠地、用力地，把桌上所有食物掃到茅草三合院裡黑鴉鴉的中庭地板上。我跪在黑色的天空下，驚恐的眼睛依然清晰地看見天上的星子全部驚天動地地墜落在我家的庭院中。我低下頭看著香噴噴溼潤的『白米星子』，肚子出奇地飢餓難耐，現在我就驚奇地跪在銀河系的上方。而那些星子似乎漸漸長大著，彷彿裡面有千萬隻始祖鳥正要破繭而出，載我飛離這個窮困的小行星地帶，飛離小小孤獨的島

嶼，飛到一個全新的世界。

「我悄悄回頭瞄了那個像仙子的女人，天呀！竟然發現原來美麗的女人是從北部回家尚未卸妝的母親，她正對我微笑著。此刻，我更相信上帝派來了使者，他在想個法子讓我覺知悲苦生活中定有壯麗深刻的美感。」

「童年時，我只對美和未知的事物有興趣。我愛畫畫，尤其勞作的上等成績，使我相信自己可以成為一位藝術家；甚至連要當藝術家可能苦一輩子，也清楚得很；也知道追求藝術本來的下場也幾乎如是。我不喜歡上課，家裡又窮，自己更無法接受正常無聊的教育。我討厭老師，一個老師只是一扇門，有時候，這扇門往往為我們開錯了方向。我好奇世上繽紛的事物，尤其愛大自然優美壯麗多元的生態。我眼睛所見到以及感受到的才是我的老師。我不喜歡也不做不想做的事，只想著自己可以實踐的唯一孤獨的道路。從小我就沉迷在由貧窮撥動藝術迷人的氛圍裡。」此刻，第三家庭的學員紛紛上台擁抱我，甚至用感人的眼神告訴我：「你很棒！可以下來了……」

「各位，我愛您們，請再給我一點點時間，我還沒有說到讓我大哭的原因。十三歲我離開故鄉，從嘉義坐火車到台北，後來林強那首經典的〈向前走〉出現時，我非常有感覺，但是我的洞察力同時告訴我，〈向前走〉一出手後，林強就不可能再超越自己的障礙，因為他太早完成了使命。十四歲以後是我徬徨的年代，每逢佳節倍思親的某天，寂寞驅使我找到赫塞的《鄉愁》。之後從青少年到青年，有一段時間我幾乎是在重慶南路的書店長大的。從此我潛入世界文學的殿堂，看了許多世界文學名著，以及有關古典和當代的藝術書籍，同時還念念不忘要成為一位藝術家。」

「十七歲，我的第二張水彩畫參加全省美展，獲得第三名。我在全國最大的台灣銀行領了二千元獎金，我將這唯一的財產寄給了母親。母親啊！我的人間菩薩，也只有她支持我這個僅是國小畢業的孩子的天真夢想。自己太清楚也謙卑洞察到那張〈青年〉的自畫像只是一個沒什麼了不起的開始而

已，未來還有很長的路要走。藝術家若沒有強烈的獨特風格，充其量也只是藝術工匠而已。」我突然感覺自己背了一個很重很重的包袱。「嗡、嗡、嗡」此時，在幽暗的九十一座山峰裡，傳來像是紅番的聲音：「這—個—人—講—這麼久—才—講—到—十七—歲—哼！茱鳥。把箭給我拿來！」咻——

「十九歲我崩潰了，得梵谷症候群，回鄉下休養，我的女友懷孕。在這段當兵的時間裡，我期待一段真空的無思維狀態，這成為我當時唯一的救贖。

「在馬祖，我寫了三本日記，其實是自己每天在碉堡裡對著一盞燭火探索著未知以及檢視過去二十年的生命，這些日記甚至連封面和書名都有了。當兵時我仍處在孤獨的狀態，於是成為連長和輔導長的眼中釘，被整得很慘。後來這三本日記被我燒掉了，因為不夠成熟。十年後我出了一本散文詩《躶奔》。我想，一個好的藝術家，他的生命歷練以及對事物特殊的情感角色，一定與文學家有所不同。所以，我鍛鍊文字除了是想自我治療憂鬱症外，同時也因為我確定沒有人可以代替我，傳達我對生命環境以及對大自

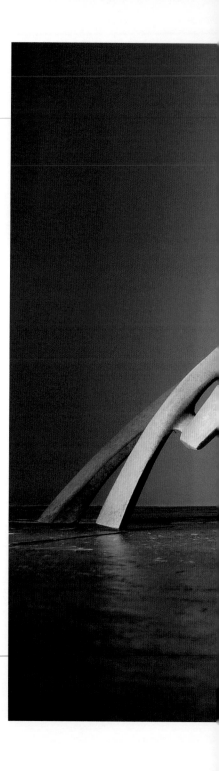

日出東方
材質 黃銅
尺寸 1090×550×320cm
年代 2004
設置地點 嘉義大學民雄校區

然特殊的感動。

「退伍後第一次看到自己的小孩已經一歲半了。我記得是在重慶南路三段中正橋下違章建築的巷口。當他被他阿嬤抱著叫我『爸爸』的時候，我的心竟然沉重到無法呼吸，我要成為藝術家的夢想，將因為有人叫我爸爸而更難、更艱苦了。可能也因此種下我一直與我的小孩子互動凍結，我甚至想，他是來阻撓我成為藝術家的第一號殺手。四年後又來了第二號殺手。整整有二十年時間，我幾乎無法與妻子和孩子們說話，我每天腦海裡只在模擬、運作著藝術生命進化的視覺概念。

「好不容易在家吃一頓飯，氣氛也常常被我刻意地迴避親情弄得異常難堪。幾次我從工作室回來吃飯，因為心裡還思索著之前的創作修正狀況，以致又無法忍受妻兒的半點溫暖聲音，我竟然大聲的咆哮著，就如父親當初對我的態度一樣，只是我不知孩子們從來不想當『他媽的狗屁』藝術家的兒子。

「我並不知道自己處理壓力的方式已等同家庭暴力，從此家裡的每個人也一直過著動盪不安的日子，而我創作的泉源最初就是來自自己悲劇的原創。如同類固醇強化蒼白虛空的肉體，我執著一份幾乎不可能的任務，因此她常常要用頭去撞牆，以便讓我覺知自己的無知。於是，她得了嚴重的精神官能症，幾次跳樓。她的身子都被我那雙冷靜到可怕的手臂從欄杆上，像從扭曲變形的鋼筋上清除爛泥巴般小心地撕了下來。家裡所有人的悲哀、對愛的渴望、爭執、少有的溫情或懷孕等，都成為我創作的基本元素。我深信悲劇動人的力量可以成就傳奇，而創造傳奇是我要的生命特質。但是我知道仍然必須超越悲劇，才有拯救悲劇的力量。

「五、六年前，台灣有了公共藝術，可能自己已鍛鍊成超強的生命意志，我屢敗屢戰，從入選到前三名，到拿了十幾個第一名，要知道一個第一名對一般學院來說都已經很難了。在這個『萬般皆下品，唯有讀書高』的社會文化裡，第一名對我的意義不同，第一名就是我的特殊文憑。

「有一次我參加嘉義大學的公共藝術比賽，我面向一整列像火車般的評審團闡釋〈日出東方〉，這件作品的創作思維以及造形意涵。

「我的故鄉在嘉南平原的最西，一個窮困的海邊，我國小最主要的六年生命經驗就是在此度過。每天，我光著頭、光著腳丫，往東方的石子路行進，當年一座遠山清晰壯麗地矗立在清晨的霧中，很可能是玉山吧！因為空氣污染已經幾十年不見這座遠山。我非常喜歡看日出從遠山漸漸昇起，我竟然真切地感覺到赤足踩石頭這件事和那一座高聳的遠山之間存在著一種誘惑、一種迷人的關係；而我腳底的痛和那道燦爛的曙光具有某種精采絕倫的啟發性。邁向遠山這個畫面便成了我追求理想的指標，登上了一座山峰，我又看見另一座遠山。因此，人、遠山、理想、希望、健康的力量就成為〈日出東方〉銅雕的原始創作概念思維。之後，常有人問我從哪裡進修回國的，我就說『八里』。有一段時間我住八里的觀音山上，一間由觀音石手工堆砌的三合院中。

「到現在我非常感謝老天，我的妻子還沒有自殺成功，也還沒瘋，兒子沒有恨我，使我有機會給他們一個深深的道歉，告訴他們我有多麼愛他們。我心裡清楚：經過這次的洗禮，我未來的作品會更具有愛的真實特質，更有人的可貴情感和生命溫度。」

說到這裡時，我深深地向周遭朋友說了一聲：「真的非常對不起。」我幾乎就像個瘋子站在馬路中央獨白，造成交通大塞車。「今天有各位的聆聽，使我的生命有了莫大的力量可以改變，謝謝你們如此寬容安靜地分享我的告解。」

回到九十一座山峰成為另一座山峰之前，許多學員和助教出來擁抱我。我一方面覺得慚愧，一方面又覺得整個身體的重量突然輕了一萬公斤，超爽的。

三月十三日我打電話給第三號殺手，楊占（其實他是來解救我的笑面佛），
向他報告要一起吃飯的時間，他不說話。
「我愛你，寶貝！」
「哎！你很憨耶！」
「爲什麼不想一起吃飯？是不是要媽媽一起吃你才願意？」他嗯了一聲。

那天下午我在工作室的無欄杆西向陽台，撥了電話給大兒子，當我要開口
時就已經哭到不行了，等我擠出「我─很─愛─你」四個字時，聲音已經哽
咽到像一隻被骨頭噎到的狗。

晚上回去永和，她穿著一件灰色粗條紋大衣，頭上繫著一條頭巾。她還是
那麼美，雖然眼神刻畫著美麗的哀愁，但隱約中有股奇特堅韌的力量在醞
釀著。我向她問：「可以擁抱妳嗎？」她已經從我的微笑中發現全新的世界
來臨，她依在我的懷裡。「我對不起妳，讓妳受苦了三十年，卻又要求妳讓
我自由。感謝菩薩的慈悲，妳仍活著。我知道如果我不先上岸，我一定沒
有能力救妳。事實上，應該是妳自己的觀自在救了妳。我非常感謝妳成全
我、成就我，我保證我會讓我們的未來更有希望。」

「你說眞的嗎！你不是又要來再度傷害我吧！」
「妳看我的神情沒有改變嗎？」
「你的確慈眉善顏多了！」
「這樣好了，我跟朋友賭一口氣，桌上那個LV讓你出錢好嗎？」我心裡
想，誰叫我這個所謂的「名牌」不讓她使用，難怪她需要另一種名牌來獲得
「救贖」。
我說：「我答應妳，但妳也答應我一件事，我再加發一筆接近名牌皮包的
錢，讓妳去上『改變的力量』。這樣或許我們才有更美好的明天。」

那個已經快樂十幾年的國二九十五公斤眉清目秀到不行的胖小子，我好喜
歡他大聲開朗天眞的笑聲，彷彿我與他母親苦澀的歲月，由他來彌補失去
的快樂時光。他平常不超過十二點是不會離開電腦桌的，我當然知道他有

天生的洞察力，他也清楚母親和父親的需要。今天他並沒有把我當沙包，用力的猛右勾拳、左勾拳Ｋ—Ｋ—Ｋ，九點鐘就去睡覺了，今晚，他睡得特別甜的樣子。十一樓門口，這個很像我仙子母親的親愛女子，向我叮嚀天黑上山路要小心，我心裡突然昇起不祥的預感。

我喜歡開車，沒有自由不行；熱愛骨董和現代藝術；追求卓越又要享受寧靜的日子；而現在最需要的是，一樣最珍貴的東西——愛與快樂。（雖然憂鬱那個超級黑洞仍在我的生命周際中運轉。）在駛往工作室的昏暗道路上，一位警察將我攔阻下來：「有沒有喝酒？」之後，在例行性的資料檢驗，我放在窗外的手幾乎就摸到他的手槍。

「頭髮那麼長，為什麼不剪短一點？」他就像國中老師對留長髮的學生那樣教訓著我。「你他媽的王八蛋！」我大聲咆哮著。「這是什麼年代了！你還管我長髮的事情。」「我最痛恨開口就要砍『我的原始森林，我的棲息地』的人。」

「砰砰……給你兩槍，我們的教育才有希望的落足點。」我進入真正的黑暗森林。螢火蟲的光把我沉重的步履推向夢幻的世界——

三月十三日，早餐店的電視一直重播三一九槍案的翻案新聞。我們的社會價值一直被這些墮落的媒體和所謂的正義分子切割得支離破碎，而那些高喊著教育失敗和正在教育的都已失敗，卻又不承認失敗。我們慶幸台灣還有「圓桌教育」的存在，雖然它的存在更證明教育的問題，然而「圓桌」改變了許多人性被扭曲的近代傳統歷史。

我看見一個很酷的巨人，口中發出「嗯、嗯」的聲音，默默地為台灣教育的嚴重生態土石流區域，植栽一片片原生的樹林。

藝術的遭遇
誰來點火？

閏七月中元，三個詭異的颱風把台灣的天空吵成一片難得的蔚藍。陽光和雨水同時露出崢嶸跋扈的瀟灑，我卻傻瓜般站在華山藝文中心整修不久的經典地標上，揣摩十一月十八日要開幕的台日韓現代雕塑交流展的室內外空間。

台灣亞細亞現代雕刻家協會剛成立不到滿月，這個戶頭只有最低限的五百元，我們的會員顯然還在放暑假，我過去一年多公私不分地代墊一大筆成軍的籌備開銷。展覽會快進入緊鑼密鼓階段，眼看各地英雄還在千里之外，內心湧起一陣恐慌。彷彿這件事是我主辦的個展似的，我深怕理想進化成惡夢巍然，此刻，正好瞄見華山舞台前方草皮上自己的作品《島嶼系列》仍然尊嚴地守著一處迷人而意象遼闊的據點，就像抹香鯨，遨遊一片自由的海域。急奔的流雲旌旗飄飄地投影在散發著黑綠光澤的青銅雕塑作品上，波動不安的生命肌理，仍然裹住安頓的遐思。

大約一九九四年再早兩年左右，一件吹喇叭的群像鋼鐵雕刻，吹到台北市立美術館，上了台階後就打算不走了，而且已經破舊不堪。美術館請著名的鋼鐵藝術家高燦興先生維修這件並未被美術館收藏的作品。一名從日本福岡來接洽展覽的石川幸二先生，日本亞細亞雕刻家協會長，便在這個破口的號角聲中和高先生成為莫逆之交，而我正好被選入一九九四年台日韓交流展的成員。展覽一開始我也成為石川幸二的好友，一種一見面擁抱，就想把對方壓成活靈活現愉快的裝置作品。許多年來，石川慫恿我組成一個團隊，以便在日後的交流上產生瀑布效應。我不斷搖頭，深知我的鍛鍊和人際關係尚未成熟。

二〇〇四年一個深夜，在于彭的雙溪住宅遇見晚到的蕭一，他已經有一次與我們去韓國交流展的經驗。我一直很喜歡蕭一單純豪爽的性子，就像他口中的檳榔成為一種渲染本土式狂野的熱情。他一直期待在台灣能盡地主之誼，好讓日本和韓國的藝術家不虛此行。那夜出奇地他酒喝得很少，眼神出現對生命的迷惘。他悄悄地向我提出一個嚴肅卻重要的關鍵性問題：「假如要做一件一生的代表作，應該選擇什麼題材？」我並不常和藝術家聊天、喝酒，也不清楚他是否生病。「你最近心情如何？」「非常低潮迷惑，腦海裡一直環繞一生的代表作在那裡空轉。」「那你就做目前最困擾你，也最深刻的內心情緒。你內心如此壯麗的呼喚就是你存在的偉大所在。過去和未來都不是。」我平靜地回答他的問題，就如同回答自己的問題。

蕭一眼睛突然以百倍的光彩亮了三十秒鐘，他驚訝地說：「嘿！我怎麼沒有想到呢？」過了半年，他通知我無法參加這個團隊了。他得了咽喉癌，我以非常無力的聲音祝他早日康復，好像自己也是病人一樣。

去年年尾，聽朋友說蕭一的病好了，我又打了一通電話再度邀請他。他寄來了身分證影本，三個月後，二月春寒料峭的季節，我再度與朋友拜訪他，喝了一杯他泡的熱茶，仍然感覺很冷。我的朋友說：「那裡像一部好萊塢金凱瑞的電影場景。」兩個月後，他的聲音像空了的酒瓶，病後復發非常

快速，六月，蕭一走了，我沒有把他的名字從理事名單刪除。對我來說：他仍活著。他的作品仍然將展現在華山展覽會上，而且我希望他能有一個簡單特別的「紀念室」。

九月十一日，向文建會申請「台日韓國際雕塑交流展」的補助款下來了，我的確如同小孩收大紅包的心情，等著拆開這「美好可觀的禮物」。補助金額：新台幣三萬元。而且必須在文宣刊物上，轟轟烈烈的註明文建會贊助。我當場氣血逆流，頭昏眼花，恨從膽邊生，文建會在國際文化交流補助條款中註明「可申請二百萬元」。國家級的文建會執行起來像縣文化局補助小學生的課外寫生比賽。

空間的果實
材質 不鏽鋼
尺寸 371×217×301cm
年代 2006
作者 楊柏林

要不然就是有人惡意打壓，要讓這個文化交流變成台日韓的藝術家租一部遊覽車到東北角喝西北風的費用，「不含露天咖啡」，這還是由前立委李文忠辦公室興沖沖為我們寄出的文件。

九月十四日《聯合報》有一則新聞，文建會準備發一千萬元補助十個文學性的雜誌，每個雜誌一百萬，真是「他媽的」！不是我們的！

我手上拿著這張中了劇毒的公文看了很久，一直企圖找出他們少寫一個零的破綻，我看到窗外的果樹森林不見了，遠遠山下的「至善天下」不見了，故宮不見了，台灣文化的土地不見了，所有視覺影像被硬生生模擬成文建會主委被我狠狠K一頓的大頭貼。

「白日夢般，我的頭一如席丹，狠狠地把邱坤良先生直接從北平東路撞到台北車站與紅色軍團、遊民，一齊靜坐抗議。」憤怒是必然的，但路還是要走下去。我可能中了不公不義的病毒，氣色不太好，一些好朋友聽到我要募款，突然好朋友立即變成普通朋友，好兄弟都像見鬼似地成了陌生人。

中秋前幾天，我用火燒了染毒的文建會三萬塊公文，在顫慄的火光中，一把我為明日工作室製作「百萬武俠小說大賞的『曙光』寶劍」獎盃，正巧站在一尊十五世紀琉金佛的旁邊微笑著。我靈光乍現，一想到溫世仁、溫世禮（明日工作室），後面的募款竟然順利了。溫世禮開心地笑得很大聲，「他給了一雙溫暖的大手掌，」又比我更害羞地在我耳旁細語著：「夠不夠？」我擁抱他時感覺到俠客溫世仁動人的體溫，溫世禮同時找出上等的義大利Espresso咖啡一大包，讓我帶回家繼續取暖。

現在「曙光」已經出現，「鋼雕詩人」高燦興、「木雕魔術師」楊北辰、「木雕裝置天行者」蔡根、「太陽的女兒」乘光白、「土塑燒專家」余連春、陶藝家陳淑惠、「背包浪人」蔡文慶、「雕塑生活文學夢想家」楊柏林，這些英雄豪傑代表，即將啟程。

我們不排斥任何形式的藝術，我也喜歡祖母的花被單、蔡國強的炸藥，但是如果只披著時尚的外套，就一昧擁護早已過時三十年的觀念藝術，就以為進入當代的經典殿堂，甚至連美術館都附和媒體習慣性的撻伐，說扎實的雕刻雕塑僅是落伍的鑄劍者，只有狗嘴黏出《心經》，用氣球打鴿子保齡球才是視覺藝術當今主流皇室的子嗣，才是當代時尚的貴族。我們的藝術教育很容易讓藝術的花朵失去土地的芬芳，失去一種深刻動人的元素。

台灣亞細亞雕刻家協會志不在創造歷史，我們只希望在藝術接近蠻荒的大地上，以手工的方式，為不同的生命承載特質，點燃慶生的燭火。

給17歲兒子的一封信

我是誰——

小學五年級時的楊占畫老爸楊柏林

在我們家，第十二層公寓閣樓的廚房檜木門框上，右方春聯由上往下第三個字「梅」背後，一道鉛筆畫出你國中一年級的身高刻度「一六八公分」。距離我獨自搬離永和接近六年，你不曾在我面前呼喚「老爸」。去年，有一天，我心情沮喪到如同無依無靠的少年，電話裡，情不自禁地向你哭訴我的委屈。

因為我無知的童年，隨著兄姊叫父親「叔叔」八年，我非常疑惑我的父親如何隱藏在叔叔的身子裡。等我大約國小五年級，才從母親的口中得知，是你阿公第一個孩子夭折，算命的引來一個貧窮的養女調虎離山，如同變臉。之後你才有所謂阿伯、叔叔和父親等。為此我瞭解算命的魔術，主動

把叔叔變成我的父親「阿爸」！

二〇〇八年，你接近十八歲，身高一八五公分，又酷又帥，仍然不叫我「老爸」，頂多用你生猛有力的右拳朝我日漸鬆垮的胸部K幾下，雖然我痛得哎哎叫，但這已經是我偶爾遇見你為我開門時，最好的禮物。

我寫這封信最初的動機，其實僅僅要寄一包保險套給你，因為你在戀愛，而且有不少愛慕你的女生。你喜歡打籃球又是學校樂團主唱，你的人生將要進入一個初期的戰亂時代。

現在，我終究是個另類嘮叨老子，在你面前，我不會，也不知道和你如何聊天或溝通，我們幾乎不曾話家常。這當然由於我似乎像個永遠無法成熟到做好父親角色的藝術家。我沒有陪你成長，就如同沒人陪我成長一樣；至少你知道你們生活並不差，除外，只要不學壞，你的人生可以做自己喜歡的事。你有比任何家庭擁有更大的自由和天空。相對的，我熱愛大自然、自由、各種藝術，因為那是我的呼吸，我的高級氧氣。

謝謝你！沒有抗議我一個人住在森林裡，從逃離家庭生活進入創作中洞察生命的價值，從稀有古文物擷取造型和品味的尺度，偶爾能力許可，也收藏于彭、洪通、余承堯、黃致陽等台灣藝術家的作品。欣賞自己之外的藝術家作品這件事，有助我心胸和眼界放大。

即便五十幾歲，我仍在學習，對生命仍然充滿熱情，所以我的創作多元化，不容易被綁死，我一直在整個教育體制外磨刀霍霍，我痛恨教育制度，考試！考試……我想創造傳奇，傳奇才是我的「寶劍」。

從你小時候我就收藏你的畫，尤其你國小一年級，我從你教室牆上取回一張乾筆水墨黑貓，現在仍掛在我浴室原木樓梯邊的牆上。你渾然天成的筆調，使這隻貓變成一隻炯炯有神的大老虎往樓上的大陽台挪動，這隻黑貓常陪我走入浩瀚的繁星裡。

另外一張是你國小五年級爲我鉛筆速寫的畫像，仍然是我最得意的工作室景點，所有參觀我工作室的朋友，都要爲如此傳神流暢的畫像讚嘆不已，我一點也不忌妒你受到的殊榮。「你們看，這種氣韻才是我的導師。」畢卡索十二歲都還沒到達這種等級。然後，我又說了一次有關這張速寫的典故。

七、八年前，我在法國在台協會主任陽明山的住宅Home Party巧遇劉其偉，劉老一看見我就說：「楊柏林，找一天讓我畫一張素描好嗎？」「Ok呀！」我喜歡劉老天眞的樣子，要畫我這件事或許不能證明他欣賞我的雕塑，但至少代表我必定是一個有特色、有吸引力的男子漢，因爲席德進在我十七、八歲時並沒有說要畫我。過了一年，我在一家畫廊的尾牙又遇見劉老，劉老又想起畫我的事，於是蕭耀爲我確認某個星期六的下午四點，那天我正好在畫畫，忘了劉老的約會，下午六點才急忙通知他的經理人。「太晚了，劉老要休息了。」又過了一年多，我在上海製作天馬高爾夫鄉村俱樂部一系列的石雕，回台灣旅途上，突然想起劉老畫像這件事。如果我不積極向劉其偉報到，說不定緣分盡了，在香港機場我馬上聯絡蕭耀，才知道劉老病重了。

劉其偉走後，我悵然若失，正好你就在我旁邊，你似乎知道你能幫我療傷，於是我的畫像在三分鐘的速寫中完成，比你裝無敵鐵金鋼的模型更駕輕就熟。

你以禁區搖滾、翻身、空中灌籃的筆觸，把我快撞成一團灌木叢般的眉毛，拉到思緒的罰球線，讓我掙扎憂鬱的眼神唯恐接不到愛的妙傳。至於支撐下巴的左手，隱約地要從後場的馬尾甩動中，快馬加鞭地運筆到江山入暮的髮際，表達得非常神奇，彷彿你很清楚我的德性。你抓得住我，而且精采萬分，我內心狂喜不已，比我十七歲創作第二十八屆全省美展水彩第三名的自畫像更屌，彷彿我的神態在你靈魂的地圖裡，本來就是一座生態多樣性也多災多難多壯麗的島嶼。

除夕前幾天，雕刻家蔡文慶，帶一位希臘的雕刻家安東尼要來參觀我的工作室。車子剛上仁愛路的建國南北橋，你媽打來的電話傳出驚恐的呼叫：「你是誰？你不要兒我，我身上沒有錢啦！我害怕……」我一面安撫她，因為她不是詐騙集團的成員，我知道她又失憶了，車子卻自動往山上的方向移動，沒有立刻前往救援，只緊張地希望她不要待在公園黑暗的角落，儘快往明亮的大地標八二三砲戰紀念碑等我。「我不知道紀念碑在哪裡。」「公園最高、最礙眼的尖碑。千萬不要離開那裡。」「我身上沒錢。你是誰？」「我手機上怎會有你的電話？」「我是楊占的爸爸。」「楊占是誰？」「是你的兒子。等我，不要亂跑！」「你是誰？不要兒我，我好害怕……」

直到現在，我還在後悔沒有當下把車調往永和四號公園，等我上山安頓朋友在飯店休息，才急速往你媽失落的座標狂奔。我也非常害怕在我最愚蠢的危機處理中，失去親人的方位。

九十分鐘，在寒冷的多天，失憶的公園，什麼危險都可能發生。完了，搞不好被壞人帶走。我一面高速地開車，同時在手機裡尋找你和你大哥的電話號碼，我通知你們快速往公園移動，彷彿要你們去圍捕一隻迷失樂土的孔雀，偏偏你們都在較遠的位置，我要你們坐捷運，永安站。

感謝觀音菩薩，她畏縮顫抖地，站在我最痛恨、突兀的「紀念碑」前方的人行道旁，我趕緊抱住她，好危險呀！她沒有反抗，此刻她的身影感覺好小好小，彷彿《百年孤寂》中愈來愈小的老婆婆。「你記得我是誰嗎？」你媽搖搖頭，蒼白的嘴巴一直叨念著有人拿一包東西要給她吃，我把那包涼了的紅豆湯丟到旁邊的垃圾桶裡。緊接著，你和樺在我幸運的呼喚中，分別從紀念碑的兩側冒出來，「這兩個大男人是誰！你知道嗎？」「不知道！」你媽搖搖頭，驚恐的神色只剩下疲憊和迷惑，反而我受到強大的震撼，但因為覺得很幸運，使我內心的不安和折騰，第二天才出現轟炸般的後座力。

等你媽失憶二個半小時後，漸漸回魂、平靜，我才上山和遠方的朋友浸泡在萬里無雲愛琴海般湛藍的夜空下。心情卻仍籠罩不合時宜無奈的愁緒裡，讓一九九七年份的金門高粱酒安頓我受驚的魂魄。「痛苦和挫折能使創造力更深沉而豐富。」安東尼安慰我說。看來，還眞的只有藝術家最能理解藝術家，甚至不分國籍、毋需語言。

第二天早上醒來，就想到你媽站在寒風中的失憶的樣子，像一張被拋棄皺皺的紙團，隨時就會被風吹走，一去不回。我開始大聲哭到連松鼠和野貓都被我嚇跑了，而且連續好幾天，有時一天好幾次，我像在懺悔般的號啕大哭，彷彿在太陽底下失去自己的影子。以至於到現在，我的眼眶仍感覺一大塊乾涸的眼淚，像不癒的疤痕一樣，被一種憂傷的情結牢牢鑲嵌著。

你媽走失好幾次了，我們每次找到她，她都是回復記憶才回來。所以我們只是感到驚慌不安，卻沒有如此刻骨銘心。二十幾年前，我就帶你母親到台大看過精神科，沒錯，是我的生命狂野的樣態，甚至是我的躁鬱症，把你母親血液裡憂鬱的基因挑撥出來，你年輕的舅舅精神錯亂，自殺；你的舅公也自殺；抱歉！我的三伯父、四伯父也是自殺的，你的父親沒有走向毀滅，因爲藝術的靈丹創造了我。

靈丹成分是「雕刻50%、畫畫20%、文學20%、生活品味20%」，要110%我才能飛越杜鵑窩。但是這麼毒的藥性，幾乎使你脆弱的母親無法承受，你母親在幾次精神崩潰的過程中，意外啓動了向上帝求援的安全機制，像打通任督二脈的武林高手，暫時失去記憶。

五年前如果我沒有離開你們，崩潰的也許是我，我是瘋狂而非失憶。「讓我出去自由地呼吸新鮮空氣，有一天，我一定會回來救你。」開始一陣子，我們因分離又思念對方，所以很少爭執，甚至相處有甜美的希望。幾年來，她受滿多的苦，被朋友背叛，失去好朋友，只有我理解她。我當她的靠山，而你才是她的守護神。但是這幾年我生命中出現不同的女人，她偶爾會抱怨我把妻子變成情人，她希望有一天，我能再把情人變成老婆，因爲

你已漸漸爲了別的女人疏遠她，她很恐慌，沒有安全感。

告訴你，小子，我在你媽失憶的身影中看見一尊示現的菩薩，以近乎消失在人間的造型向我招手。是的，我離開五年多，我不想讓家人或孩子知道，尤其你剛國中一年級，我不想讓你面臨家庭革命，我和你媽不曾平安愉快地相處超過三小時。我與你的母親唯一的共鳴就在你誇張豪邁的笑聲裡，而你的笑，真的是我們苦澀生活果實周邊濃郁甘美的巧克力。然而，我也不確定當我與你母親在車上不甚愉快的對話過程，你在後座呼呼大睡的鼾聲，是否某些時候是驚醒而假裝的，同時又知之甚詳。

林清玄事件是我最大的警惕，無論我在何處，我會照顧你媽一輩子的，除非她不需要我。我總是感謝你們讓我自由，因爲我二十歲時，你大哥就出生了，我一直想要一段年輕自在的歲月，雖然我五十幾歲了，某些時刻她仍會罵我自私，但是有一件事讓我感動，而且與日俱增。除了菩薩，你媽每天仍然在拜楊家祖先，向你阿公、阿嬤神靈請安，如此孝順，而我依然故我，她難免不太平衡。她傳統、善良天真，又美麗，可是沒有工作，沒有自我，常不知身在何處。我三不五時要安撫她，我才能安心工作，但是我的自由之身使我的安撫缺少「公信力」，由於我在她面前無法放鬆又過分嚴肅無趣，令她沉重而抓狂。

除夕那天，你和你大哥以及我，陪你媽去南門市場辦年貨，我們乖乖地幫忙弄除夕「團圓飯」，五年以來第一次。終於，從我的耳朵輕輕地傳來你呼喚「老爸」的聲音，雖然只是不經意地要我移動火鍋下一張不平的牛皮紙。太棒了，你不知道，你的一聲呼喚，在我心裡決定「團圓飯」的真正未來。大年初四，你一人晚餐又急著出去某個捷運站會見你的初戀。晚上九點多，你媽一上樓就用我最怕的驚叫，把我從半路喚回。「趕快回家看你的兒子！」她聞到一股強烈的燒焦的味道，連鼻子不太靈光的我都可以嗅出閣樓有驚天動地的事情發生。

你人不在，卻用最大的火把火鍋裡的丸子烤成一顆顆黑壓壓的鐵蛋，一堆

黑漆漆的蔬菜如同火山爆發後仍在冒煙的岩漿。我知道，談戀愛的少男麻煩降臨了。

元宵節，四號公園第一次辦了熱鬧俗氣的燈會，我帶你媽去散步，她說不記得「紀念碑」的事情；然後剪紙的老先生，把你老媽的側影，很精緻地剪成一個十三歲懷春的少女，還真像她。她很高興，今年是十幾年來有最亮的月光照耀著。「這麼難得的月圓，你可以送我一樣禮物嗎？」我知道你媽在說什麼。「再找一次李永然，五年前是他辦的。」我點點頭，就像兒子要補習費一樣。「你不會後悔嗎？」「至少我們可以名正言順地繼續吵架。」「今晚，我把最亮的月亮送給你。」「不是，月亮是我送給你的。」你媽說這句話時，我一直無法想像她會有失憶症。小子，記得，女人最愛的不是人人伸著頭都看得見的月亮。她在向我要一顆比月亮更光彩奪目的鑽石，最好三克拉以上VS淨度等級。

楊占，你老爸可以邀請你當花童嗎？一八五公分的花童。也許可以請你一八三公分的大哥和一八四公分的小哥當伴郎，何況我不是和別的阿姨結婚，很讚吧！結婚時你能用我為你存的錢買個小禮物送我嗎？我知道你畫畫大器，關於用錢，我雖然喜歡你小氣的樣子，但這次，就這一次，千萬不要把我送給你的保險套回送給我。

一九九九年楊占畫他老爸刷牙。如此自由狂放
傳神的本質，是我繪畫性作品的覺知。

楊柏林之工作室展示空間局部　　攝影　楊柏林

古厝1992裝置

高地墓碑野草般
長滿我的全身
海的風景
消失
在十三行的地平線上

過山刀穿過佛的掌心

幾十隻受驚的野貓
躲在死蟑螂的冰箱裏
碗大的蜘蛛
選擇挑高的天井
懸樑自盡

天食
攝影 潘小俠

過山刀穿過佛的水懺
現代造形的將軍
頂替幽魂
巡邏
製茶的老機器
困在福川杉中
生銹發呆

過山刀穿過佛的咒語

九張扭曲變奏的青銅像
被夕陽三十三度狠狠踢開
鐘的響鎚
緊緊釘在印度
黑花崗鑿孔
無話可說

過山刀穿過佛的正覺

八月待產的孕婦
塵土爲伴
春的躍動
卡在老榕的鬍鬚中
而扛著重金屬的螢火蟲
趴在開放的窗口
嚴重咳嗽

過山刀穿過佛的慈悲

紅藍黃紅綠紅

糾纏一百一電壓
礦工四的光暈
到處吹著悽楚的嗩吶
正好，絲瓜藤蔓枯死
正好，遍地災後的黑眞珠
正好，讓破腳的松鼠啃成骷髏
正好，一群失蹤的鴿子回家
正好，繞著一件尋的雕刻空轉

過山刀穿過……

觀音山後記

大約十二年前，我的工作室還在八里的觀音山，面向台灣海峽的山上，我搬入這間以渾厚觀音石砌的老農舍製茶廠的同一天，一位往生的陌生鄰居就落腳在我西向有石製窗櫺的戶外空地。

從此，我的鄰居就每天與日俱增著，直到我日落經典的視野被滿山的別墅墓地吞食了大部分廣闊愉悅的心情，我仍感覺住在八里是一種詭異的幸福，正如吸血鬼住在中古世紀的城堡一樣。

有一天，高信疆來訪，他很好奇地問我有沒遇見特別事件。「只有為你製作的立體象棋感覺有被賭注移動的痕跡，將士象和他的陣容已被兩岸直航，將軍也數度改朝換代。」我能說出的可能不只這些。那張清朝雕漆鴉片床，連同兩位清朝陰魂不散真情美麗的丫環一併移交師父，師父曾在墓地裡修行。

秋後的某天，一陣黑夜的強風過後，榕樹下所有的落葉上竟然泛著神祕的綠光，其實那全部是突然暴斃的金龜子，而且是我唯一的出入口。我幾乎被毒打般，踩過比墓地上的死者多萬倍的屍體。

種子教堂

小時候
我在海邊鄉下啃著番薯籤
也喝西北風
而很大很大的大堂兄
正 生吞壯麗的山水
在 活剝一棵棵原生的檜木
三十年後
暴風雨沖走一切
某個夏季蟬聲遠離的日子
一個木工在大漢溪河床底
發現神木乃伊一節七米無名指
同時聞到舉世無雙一種體香
因此我試著驗出森林的DNA
想從他受創的傷口中
提煉出福爾摩沙正確的地址
以及千萬種蝴蝶飛行的途徑
這樹的年輪內部有一幅 日
月 星辰分布的基因地圖
包括五百年前種子隱居的自然宮殿
而一切一切花和果實

聽說只專心空氣的相對溼度
以及陽光贊助多少能量
幾乎沒有人在乎
雲豹失蹤的座標

種子教堂
材質 台灣檜木
尺寸 150×150×738cm
年代 2000
作者 楊柏林

多巴胺與台灣掃把

「逆鱗」，就是你喉嚨突出的部位。傳說中，龍是和平及神聖的象徵，在龍的頸部有處「逆鱗」，任何人只要碰到這個部位，龍必然會勃然大怒地展開攻擊……

逆鱗

這是一間我多年沒再使用的書房，所有我的工作場域，都有入口意象。窗戶被水刀切成一道門框，門框內簷，裝置一組從觀音山禪寺拆除的福州杉木梁結構，被解構後的建築木梁又重新賦予新的生命形態。「門中門」只用傳統的ㄇ字型勾釘組裝，已經跳脫後現代的氛圍。木門的左上角在刻意不咬合的位置，掛上一把從西藏帶回來的大鑰匙，我後來以此意象創作台北市鑰。

書桌桌腳是取別種用途的黑鐵鐵件，桌面是240×80×12公分台灣檜木，

一種有天然蝕洞的檜木邊材，沒有人書桌是用不平的材質。我看書寫字，很像在東北角的海蝕平台釣魚。文字的出現都可能像一條受驚的小魚從凹洞中翻騰而出，肖想跳上夕陽的班車，回到牠黑暗、深沉、自由、廣大的老家。

舊瓶裝新酒的新婚妻子（註1），希望在我工作的山上也能為她弄出一個自己的天地，「一間書房」。我打算把這間書房整理成她的書房。由於要沿用我原有書桌，一般的狀況，書桌不可能沒有大抽屜，很不幸，為了美學的比例，我的抽屜很大卻只有鉛筆盒的高度。因此，當她手上拿著一包女人最需要的衛生紙，很無奈地舉到眉心的高度，「衛生紙放哪裡？」她的確沒有惡意的樣子，但是衛生紙已經為她代言了：「你就是設計這種不實用的書桌。」

「如果我是特地為妳設計的書桌，不要說一包面紙，我連妳的LV皮包，都可以讓妳收納！」我憤怒了，一包衛生紙，竟然可以如同鐵板的硬度直狠狠地轟進我的咽喉，讓我眼冒金星，雙眼突出，活像一隻踩到陷阱的山豬，痛得吱吱叫。現在妻子為了我「莫名其妙」地抓狂，抓狂！她又即刻靠近崩潰的邊緣，同時也像跌入捕捉山豬陷阱的小松鼠。

「我很敏感，妳無意間傷了我的自尊心。」
「你神經病，我只是單純地認為衛生紙沒地方擺放而已！」

「藝術家有什麼了不起！你不要再談你的敏感，那是我永遠的痛，三十幾年的痛。」她有氣無力地按著絞痛的頭部，泡棉般的天靈蓋。突然拿起咖啡杯往我腳邊的地上猛摔，我歪斜站著，如失去橋面的橋墩，彷彿要等待莫拉克颱風出海，遠離……

她的脆弱和憂鬱症，使我看著血從我的小腿滑落時，同時感覺她的淚演化成破碎的瓷器，在血的周圍繼續抗議著。由於妻子摔破的杯子只是無印良品普通咖啡杯，她左手邊桌上明朝的青銅關公，雙手輕輕按著大腿，仍泰

你是誰
材質 竹掃把
　　 塑膠掃把
　　 竹子
尺寸 829×240×307cm
年代 2010
作者 楊柏林
展出地點 台北當代館
攝影 劉慶隆

然地坐著，似乎已經看著我們吵了五百年。我覺得慶幸，暗中感謝她，但無氧的空氣凍結很久……

「我流血了。」以為她沒看見，我痛苦吞體內，又得博取她的同情。
「你活該！沒有摔杯子，我會為一包衛生紙瘋掉！」

我找來一把台灣標準紅綠相間的掃把，很委屈地清理戰場。這把好用卻一直引起我另一種憤怒的掃把，為何不用低調的灰色製作？如此礙眼卻有特色的掃把，僅適合在台灣當代美術館做裝置藝術。

此刻，我的腦海立刻呈現在十七坪乘三公尺高的展示空間上，裝滿了台灣製作的掃把，如同一隻色彩強烈巨大的鬼魅，正打掃我們的空間，同時占滿、又吞噬我們狹小的空間。另一個更屌的想法，是外銷地中海有白色屋子的區域，那裡的氛圍和調性，真他媽的適合台灣掃把居住，放在任何角落都夠嗆、夠經典。

城市狂想

我十三歲來台北，幾十年了，我痛恨又愛這個衣衫襤褸的城市。她滋養我從事藝術創作的夢想，卻從來沒有給我好臉色看。由於日復一日沉溺在生活美學的比例思維，我的眼神只要接觸錯誤的比例、色彩、景觀，常常會像被追殺的瀕臨絕種的野生動物，內心湧起毀滅性的創造力。用本能第三者的角度觀察，的確是極端善意的危險分子。因此，我選擇獨自住在郊區的森林裡，無論在哪裡，只要我獨自開著G500 EDITION30下山，就差不多像到城市獵人頭的魔鬼戰士。

我們所謂溫暖的城市，其實還真醜。某些未進化的民族色彩尚未經過比例的整合，城市的基本色調一直處在互相殘殺的死胡同裡，簡單地說，大部分人對灰色、白色非常排斥，認定那是沒有希望的色彩，事實上，灰色系才是城市雅緻的主調。很不幸，整個城市建築和景觀絕大部分落在低階水準的土木工程包商設計範疇。偶有幾幢值得喝采的建築出現，以整個紛亂

的天際線比例，充其量只是幾聲對空的嘆息。

我最不能忍受的，竟然是一件從來沒有任何專家提出異議的事。爲了證明我不是瘋子，我特地在日本和新加坡觀察，看看別人是否有這麼不合乎城市美學的思維——我很少看到車道上有禁止停車的紅色標線，除了停車格，白線也可以代表禁止停車，因而整個城市是乾淨雅致的灰色基調。

反觀台北市大部分房子，新舊都喜歡切割成零碎的造型，加上三種顏色的馬路—紅線、黃線、白線，粗糙的灰色、紅磚色的水泥格子狀人行道，新的都市更新的人行道，怎麼看都應是郊外遊樂場的產物，擺在城裡除非很難看的建築，不然無法與城市融合。尤其往愈高級的住宅或都會中心，人行道愈像乞丐一樣衣衫襤褸。如果整個城市的人行道用灰色花崗石一百分，單色灰水泥磚大約七十分，那紅、灰格子狀混搭水泥磚只有四十分，色彩真的決定氣質。現在我們都會的臉龐活像喝醉出草，跌跌撞撞又刮花的八家將，就如台灣紅紅綠綠的掃把一樣，每次出門都要怵目驚心。

我很喜歡住在陽明山國家公園邊界的外雙溪，但是遺憾仍會天天遇到至善路有一段非常壯觀巨大長三百公尺、高七公尺的陂崁，以模擬印度紅砂岩的GRC完工，看似令主辦單位自豪的公共建設，一不小心變成陽明山的巨大傷口。他們忽略了「本土色彩」灰色安山岩，才能和本土環境融合。仰德大道最近又在施工安全柵欄，也是不合時宜的水泥仿竹子上色欄杆，造型和鄰近的高級別墅非常不協調。若僅是灰色的，或許還好。故宮方圓十里內，彷彿都需要雙溪公園仿竹上色欄杆。尤其故宮路特別粗糙，被民間建築嵌入現代式圍牆，真像死不瞑目、臉色發青的木乃伊。這是城市的瘡疤，竟然還有我是公共財產不可侵犯的表情。

自強隧道內已經施工一段時間。每天看著一直在牆壁上增加的五金配件，又是浪費礙眼的擴大內需。新的捷運內湖線景觀同樣慘不忍睹，所有高架橋下的景觀，顯然出自同一團隊，龐大沉重的捷運水泥硬體下方視野，只能用最簡單單一輕鬆的植栽，偏偏每一處橋墩都圍一圈搶眼的紫色植栽，

似乎要讓這條巨龍穿上滾毛邊的印花鞋，彷彿沒有把口紅擦在屁股上，就無法豐饒城市。每個區塊又配上不同品種草花，灌木叢裡原本可以單純的機電箱，用外銷油畫的方式畫了過分突兀的山水畫；而巧立名目，從大陸進口石雕工藝品，唐突的，像設置公共藝術一樣，強奪理該平順無華的地盤，即使是恐龍大便的化石，都不能如此出類拔萃。

除了濱江街，還有許多天橋不是藍就是綠，更糟糕的是，以花蓮的紋石製成的仿日本枯山水，由於手法匠氣流俗，變成一大片死去的乾風景，車子經過都可以感覺那裡的空氣是死的，這種過分矯情的添加物，使天橋變得更可怕、更有壓力。

中山北路美術館旁有一大段人行道，某位設計師在每棵樟樹下為某位詩人作詩碑文，看似很好的創意。開車經過，總以為每棵樹下都有一個墓碑，有一種人和樹搶地盤的錯覺。

不知何時，中山北路上的安全島加高了，如果只是為了某種小鼻子小眼睛凌亂的花草，還真是殺很大。一條原本漂亮的林蔭大道，又被一個多餘的擴大內需破壞了她的氣度和格局，實在太像一部跑車配上戰車的鐵鍊輪子。他們不懂貼地性（註2），貼地性就如同不加框的現代畫，意象才能無遠弗屆。

這個國與家是個患有嚴重分裂症傾向的地方，台北車站又太像集中營，和桃園機場一樣是否應該重新設計，不然從國外回來時，彷彿有到了二十年前上海虹橋機場的錯愕與失落。

類似的狀況，整個城市層出不窮。當政府為了包裝城市，結果造成城市二度傷害。公權力胡亂塗鴉，常常比一般塗鴉嚴重百萬倍，因為他們為都市景觀注入癌細胞而結痂長瘤，卻沒有另一個公權力有所覺知、指正。

多巴胺

「邱醫師說，星期一至星期五，任何一個晚上，最後一個門診排隊結束後，他可以為我特別加班，你不一起繼續『復健』我的頭痛，我的憂鬱症永遠不會好。」妻子在電話中祈求的語氣，很像我必須去掛急診，否則全家就沒有希望沒有未來。「我乾脆跳樓讓你更出名！」

一位專業指壓按摩師，為我做了六分鐘簡易放鬆指壓，以便讓醫師作民俗療法時，比較流暢，不會受傷。

他才三、四十歲，臉型圓潤方正，像極了一尊我收藏的玄天上帝木雕，臉色略微蒼白，說話很小聲、低調，彷彿他的能量都消耗在病人身上。即便如此，我仍相信他手中的工具，在我背脊上的捶擊，好像我脊椎的每個環節都能示現我精神與腦部的活動紀錄，包括多巴胺是否分泌過多。「我已經把你的多巴胺分泌降低一點點，同時讓你妻子的部分調高一些，好使她更能理解你的創造性思維；而你降低一些後，會抑制多餘的創造性，但不會影響創造力。」

「多巴胺過低會造成何種狀況？」
「導致帕金森氏症。」
「萬一調得過低了，我不就和李泰祥一樣，過高又走向梵谷的命運？」
「我幫你調比較溫和的過去式，而你的妻子會往未來式發展。」我無法想像過去的溫暖，除了母親。

有關躁鬱症在我身上影響的程度，我有些許的迷惑，顯然我對多巴胺這個醫學內涵，比我是否有躁鬱症更有興趣。至於我來「看醫生」，相信醫生說不定能讓妻子的憂鬱症好一半，我向醫生提起書房裡的爭執。

「你太太誤觸了你的『逆鱗』，就是你喉嚨突出的部位。傳說中，龍是和平及神聖的象徵，在龍的頸部有處『逆鱗』，任何人只要碰到這個部位，龍必然會勃然大怒地展開攻擊。『逆鱗』就是犯了誰的大忌。」

因為書桌和衛生紙的忿怒早有典故，氣有了名正言順的著力點，內心也就舒坦安住了。

莫拉克颱風已經遠離，傷害已經落底，午夜的繁星說明台北的黑夜要比白天好看太多，因為所有醜陋的造型，精神分裂般的色彩都被黑暗簡化，只剩下約略的輪廓，夜才會這麼安詳、幽靜。

我就喜歡一個人開車，創造力常常隨著引擎的聲浪轉動著，三十年沒改款的賓士G500 EDITION30，經典車款是我的最愛。G500爬山路真過癮，彷彿七星山都可以爬到頂。

黑暗是上帝光明的衣缽，因此極簡灰是王者之道。

後記：
九月五日，自強隧道果然開始光彩奪目起來，過度華麗的城市光廊概念，比較像KTV博覽會入口門廊，參觀故宮需要的是沉澱的心境，而不是被LED強制導入癲癇般的愉悅旅程，文化局處理的國家最重要故宮博物館的入口意象，錯置得有夠離譜，我開車為了想多看一眼耀眼的圖騰，差一點就撞上前方的車子。我想像，如果整個隧道是單一宋瓷天青裂紋彩繪，成本只有五或十分之一，但整個氣度和國際視野，至少內斂而大器。算了，我想的都不是擴大內需。

註：
1.我和結婚三十五年的妻子離婚五年，於今年五月再度登記結婚。
2.打赤腳就是貼地性，安全島加高就是幫樹穿鞋子，多此一舉。

仲夏夜不鏽鋼作品在森林工作室折射的光影
攝影 楊柏林

我在這裡

二〇一〇元旦後某一天，天空灰得像一群落荒而逃的大象。

海在我四輪驅動、時速一百公里的吉普車左方，稀疏的木麻樹林外，著魔般，氣喘吁吁，突然我被一種年代久遠的聲音呼喚著。一個三百二十度大迴轉，我煞停在一塊古代巨大的漢白玉馬槽旁，彷彿一匹疾行北方飢渴的野馬。

第一次見面，弼熱情地請我留下來午餐，品嘗他妻子燉熬了七小時，我一輩子吃到最溫潤入口即化的雞湯；第二回，從下午三點喝到晚上十二點的蒙古寧城老窖酒，酒仍是我一輩子喝到最土著最頂級的酒。酒的成分已經進化到八仙過海的境界。弼穿一件粗黑圖騰的皮背心，像西部的凡賽斯。我喜歡聽千年骨董尋寶的傳奇，當一個人生命經歷許多奇特的冒險故事，會使他的收藏、人生品味和生命高度一如國王。我如此幸運且榮幸正在享受遠方山寨主般的招待，我當然喜歡一見如故，但是十五天之後再見，竟然如同久違的老友。或許他們去過我的工作室，又透過彼此對真正古文物的見證，他甚至能鑑賞我最早期的作品〈思緒國國王〉，當英雄所見略同，便可以在對方微笑的眉宇間，傳遞一種如古典音樂般的語言和情感。「今天，一定要讓你分享一件很讚的東西。」弼從後面倉庫翻出一件北魏的佛像，時間、水紋、造型、皮殼完全正典。我在故宮看展覽並沒有如此美妙的經驗，可以握在手上，雖然只有六十公分，但其實是一座石灰岩山的分

量。我擁有一件三億年前切成方塊80x52x16cm的草花化石，僅僅很喜歡而已，但來自絲路早期東方佛教信仰文化，經過時間，尤其是北魏的年代，使我觸到某種動人的底蘊，以及前期開悟的造型之美。

閱讀眞文物和結交眞朋友一樣，可遇不可求。至少探索文化歷史生命和進行現代與當代藝術，是我存在唯一的法門，前者影響我藝術的深度跟氛圍，後者注入人性的溫度。我已經三十年沒有和人如此愉悅地相處超過半個鐘頭，何況八小時眞情流露，因微醺而格外小心……深怕絕品好酒，毀了千年才對我微笑一次的古佛。 午夜，車子從淡水中山北路轉入登輝大道。安全島軸心上那排有藍白海鳥花俏造型的路燈，如同一具巨鯨或長形龍的白骨鎖鏈，調性色系，突兀又惡狠狠地盤據淡海街道的風景。這個有青天白日意象的路燈，放在金門一樣刺殺風景，像美麗的島嶼海岸線，擠進一艘航空母艦，令人失望透頂。去年，我開車經過台東最美的茄苳林蔭大道，同樣深惡痛絕。每棵大樹與大樹中間，站著一具具高三公尺左右像無敵鐵金剛的大燈具，像多餘的守護神。擴大內需已經不是如何讓一棵大樹更美，其結果比較像荒謬的公共藝術，名稱是「如何讓人工植樹最美的古蹟死得最難看」第一名。在這裡，燈光設計師如果不是忘了自己的角色，就一定是在沒有過度彰顯的名目，無法消耗一筆可觀的預算，結果是一具燈光支架的分量足以點亮偏遠地區小學的籃球場。

最近我在最常出入的永和福和路發現一排FRP古典仿羅馬樣式的花台燈柱，擠在原來擁擠不堪的人行道，仍然是花博會的鬼主意，還是那些政治人物，執行擴大內需的分紅制度。哇塞，請用在不破壞環境的地方，請你們玩得不著痕跡一點。我很想開我的吉普車去撞這些在現代城市存在的莫名其妙的羅馬FRP花台燈柱；而且我不會只撞斷一根，那太像車禍，起碼要看起來像打保齡球，前前後後，點、線、面，很容易撞倒十幾二十來根，因爲這些希臘神話般的柱子，脆弱到如同紙糊的玩具，但一個花台竟然幾乎一部小國產車價碼。

設計師是城市舞台背後的工作人員，他跟跟蹌蹌跑到舞台中央花枝招展，

宛如千萬個自由女神手握火把遍地開花。馬路何需「植村秀」？原來灰色造型、低調的路燈才是經典的造型，我很擔心一直被汰舊換新。沿途在關渡大橋邊的口還加上兩排粗糙巨大的白鷺鷥屍骨，中央安全島上的藍色十字架，像在宣布關渡自然公園已經死亡一樣；到了士林，進入台灣最美的林蔭大道——中山北路，LED塊狀粉彩，像時尚的彩妝，布滿整個植物的視野。燈光設計師像魔術師，把樟木林蔭大道變不見了，只剩下橫衝直撞的斑斕光源，漂亮的迷彩光疑似一朵朵人工春花，正奔向花博會呢！這只能證明沒有自信和內涵的政府，卻要用彩色的毒花朵辦化妝舞會，向人民宣示「我在這裡」讓你們心花怒放。這條台北最美的林蔭大道的確死得很漂亮。

只有一個方法可以讓負一百分的城市立刻在全世界正一百分再加一百分：找蔡國強把這條花幾億元的路燈從台北車站一路爆破到淡水，而且必須用黑色火藥，路燈結構一定要燻黑，一條黑色的巨龍，龍的後代可能不用花一億元人民幣。「台北」在國際能見度，立刻比一〇一大樓更發光發熱，即使泡沫化，台灣也能站起來。

我回到森林裡的窩，打開大片玻璃窗外投射巨大果樹的投射燈。大樹的軀幹和自然的葉子被簡單的光照得活像藝術品，一如阿凡達潘朵拉星球裡未被毀掉、近乎透明的植物。一如往常，我喜歡在黑暗的室內，向窗外微微發光的生態問候。「我在這裡」如此「拉奇」和「黑皮」，一如我兩隻土狗的名字。

我在這裡
材質 氣球布
尺寸 675×600×1365cm
年代 2010
作者 楊柏林

註：
「我在這裡——楊柏林個展」二〇一〇年四月三十日於「台北當代藝術館」展出。

自彼次遇到你 ——關於杜十三

大約一九八八年左右，我的工作室還在觀音山面向巴士海峽的山上，一座全觀音石砌的三合院，有製茶廠挑高空間，風景絕佳，地理特殊，因為四周環繞著急著佔領美麗風水的往生客戶。我搬去的第一天，沒選日子卻碰上好日子，西邊緊鄰石柱窗台外，也搬來一戶，從來無法與我交談的陌生人家，夜裡我常會注意我的鄰居是否會來敲門，日子久了，連高信疆來訪時，還特別輕聲問我：「這麼特別的環境，總有特別的靈異現象吧！」「我為你製作的立體象棋，有幾次棋的位子被更動過，顯然有『人』想和我下棋。」

某個季節？或某一天半夜，我從外地回來沿著斜坡往三合院的大門，月光從牆外的墓地飄在百年大榕樹上，穿透茂密的樹葉間，灑在落葉上。我忽然感覺踩在落葉的腳發出不尋常的爆破聲，愕然驚見，滿地翠綠的金龜子，我已踩進靈異世界的生態墳場，幾萬隻還在地上掙扎，在月色下閃爍著奇特的墨綠光芒。

工作室一景

沒幾天，杜十三來訪，他為靈鷲山心道法師主辦的弘一大師策劃紀念法會，希望我能參與設計舞台。我製作一件八米高巨型弘一虛空的抽象造型法像「空門」，後來這件兩米高的模型翻銅被林淵雕刻公園收藏。紀念弘一法師的跨媒體音樂會開場時，我正在舞台下看整體視覺效果，杜十三介紹所有參與的工作團隊……包括後來成為文化大學校長的李天任。二十年後，他在聯副看見我的文章〈你是誰〉，直接到我的工作室邀請我成為九十九年度文化大學駐校藝術家。

我的名字一直沒被杜十三說出口，我從舞台消失了。八米高的弘一「空門」法像，彷彿與我毫無關聯，這件事的確使我非常不高興，但是我從沒向杜十三抗議或提起過，其實後來變成我在考驗自己的能耐，也在觀察朋友的定義。當我仍處在相對弱勢，自己還在學習人生和藝術，容忍朋友為了強化自己在一座舞台上全方位的魅力和能量，我只想到或許困境一直是我超越自己的試金石。

後來，杜十三介紹我加入與我同年齡的《創世紀》成為同仁，我雖不常寫詩，但是因為喜歡詩人，自己又不想成為詩人，我寧可用泥巴寫詩，用古文化和新藝術在空間寫詩，我認識了辛鬱、管管、張默等，其中還有閱讀我的生命資料最深的白靈。我的文字常常使用在創作概念上，詩人和藝術家，我會選擇與詩人交流。在藝術和人生中，我是獨行俠，我沒有固定格局的小圈圈，這使我更自由、更孤單，但也更壯美。人生有許多的貴人，杜十三是其中一種。他從我一九八九年那篇〈飢餓〉以後，鼓勵我繼續文學創作，因為我每次久久因壓力而產生一篇「文字裝置」，每次都感覺自己是個在文學領域裡接近溺斃的遨遊者。

公元二○○○年，我獨立參加幾次公共藝術得了幾個第一名，覺得很有趣、很有挑戰，杜十三一定很有興致。給了信息，果然讓他策劃的清水休息站得獎，讓他講到跨界，有了正式的立足點。最近一次南港世貿的標案，杜十三邀我參加，我們入圍後，杜十三受難又喊停，他為朋友作保成為債務人準備跑路中。我們五個藝術家如同他拋棄的孤兒，幾近十年我不

太能諒解他，他的詩可以寫到一半，我的創作卻想完成。

二〇一〇年十月四日從廈門回台灣，直接開車上文化大學的大孝館，一年駐校藝術家，我的「學習」之旅，八月早已結束，我幾乎遺忘學校的工作室還有小小的行囊。

校工才開門，嚇我一跳，那幅杜十三原來掛在牆上不銹鋼切割的硬邊裝置藝術躺在門邊，像一位心肌梗塞的病患，企圖向十層下的友人招喚，或是一種巧合。「不銹鋼人像呈現掙扎千年的樣子，又被雷射解構成條狀的待續生命樣態，詩人被自己的遊魂驚夢刺青，在受損的壓克力空箱內更顯侷促不安。」

杜十三是我駐校藝術家的室友，六個藝術家有五個人都有自己的空間，因為少了一間教室，杜十三指定我成為他的室友。在此，我學會上網，在各自電腦前，我和他的距離近到可以握手，彼此也遠如月球的背光面，我擁有較多外界無從窺視的世界，他會把他的不能說的祕密告訴我，基於在壯碩的男人面前要更像男人，或許我是他的好友中最後一個知道。

這一天黃昏，顏艾琳打來一通有關杜十三上個月在南京飯店走了的消息，同時想知道杜十三請女詩人詩上詩牆的事。我並不驚訝，因為最近我打了十幾通的電話，杜十三都沒有回應，甚至更早幾個月前，從他憂慮中，我已感覺危險的紅燈在閃……「詩牆格局太小了，」我提醒他，「我也感覺到了，正在邀請女詩人壯大氣勢，李天任也同意幫忙募款。」「九月我要去看世博，我多了一張票，我們最近鬧得很厲害，別再談她了，要一齊去嗎？」「抱歉，九月我非常忙、你忘了我在鹿港福興穀倉有一個聯展，你說你不能去的『喜相逢』福祿壽國際雙年展。我的作品：〈你是誰，好久不見〉。」

只要有機會站在舞台上，杜十三總要腳踏兩條船。今年《杜十三主義》得了周大觀文教基金會的「二〇一〇年全球生命文學創作獎」，他邀了許多朋友上台為他的頒獎創造一個新的典故，穿上他設計有些粗糙的白衣長袍，白

衣的材料正好又是迪化街供應喪事的白麻批布，其中南方朔、陳曉林、白靈、鄭愁予、我……加起來八人左右。每個人手上拿一束幾近乾枯的艾草葉子，杜十三高跪，接受大家的祝福，同時也象徵文藝復興和足以提供成爲詩人傳承的儀軌。

當時我站在舞台上，直覺像一隊非常詩情畫意的送葬行列，一幅泡過漂白水中世紀的古畫。白袍太蒼白，屈原的枯葉又了無生氣，點在白袍上胸口位置想要去除某種陰霾的紅點，反而加深一種不安的氛圍。最後，就如同他所預演，成爲獨創的告別式。

台灣千年梢楠木　　　**攝影** 楊柏林

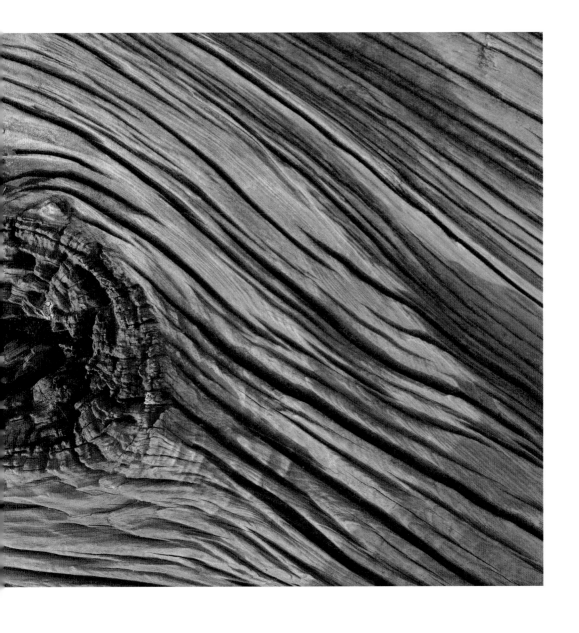

你是誰──好久不見

早晨用竹掃把，打掃草皮庭院上的落葉時，落葉與竹掃把碰撞的聲音，
彷彿原住民正在自然的環境裡與天地對話。

而室內台灣特有紅綠相間的塑膠掃把，工業文明的產物，一種尚未被生
活美學進化的民生必需品。兩者，常常放在一起，更突顯文明、自然仍
處在不協調的狀態中。文明的成長習慣忽視大自然，低調卻生生不息的
有機「循環」。竹掃把面對塑膠掃把常感到無所適從，塑膠掃把更是排斥
竹掃把單純的特性。

由於塑膠掃把把手是竹製的，因此，構成生命共同體的情感骨幹，亦如不同生命格局的星球，同時爲宇宙供應生生不息的能量和秩序。

人類本質，見面應該是一種感動，相知相惜。

常常在一張熟悉的臉上，乍然遺忘朋友的名字。
因此，輕聲問候：「你是誰……好久不見！」

註：
楊柏林「喜相逢——福祿壽國際雙年展」二○一○年於福興穀倉展出。

你是誰　好久不見

材質 竹掃把
　　　 塑膠掃把
　　　 竹子
尺寸 829×240×307cm
年代 2010
作者 楊柏林
攝影 劉慶隆
展覽主題 喜相逢－福祿壽國際雙年展
展覽日期 2010年9月18日～12月5日
展覽地點 福興穀倉 (彰化縣福興鄉復興路28號，
　　　　　 開放時間 9:30-17:30 ，週一休館)

早晨用竹掃把，打掃草皮庭院上的落葉時，落葉從
竹掃把碰撞的聲音，彷彿原住民正在自然的環境與
天地對話。
而室內台灣特有紅綠相間的塑膠掃把，工業文明的
產物，一種尚未被生活美學進化的民生必需品。兩
者，常常放在一齊，更突顯文明、自然仍處在不協
調的狀態中。文明的成長習慣忽視大自然，低調卻
生生不息的有機「循環」。竹掃把面對塑膠掃把常感
到無所適從，塑膠掃把更是排斥竹掃把單純的特性。
由於塑膠掃把把手是竹製的，因此，構成生命共同
體的情感骨幹，亦如不同生命格局的星球，同時為
宇宙供應生生不息的能量和秩序。
人類本質，見面應該是一種感動，相知相惜。
常常在一張熟悉的臉上，乍然遺忘朋友的名字。
因此，輕聲問候
你是誰……好久不見

告別式──告別人生的方式就是生命風格

自從彼次遇見你──杜十三

我醞釀了幾個月要寫，心裡又有疙瘩的這篇〈告別式〉，其實只有兩個人三、四件事。現在，竟是由杜十三的暴走跳上這場告別式打頭陣，如此的突如其來！偏偏此時，太太又吵著要我工作室的鑰匙，說她身為妻子竟然沒有先生工作室住宅的鑰匙，又怕我「三長兩短」！「自由，我要自由！」我內心嚷著。

也就是那一天，一位朋友傳來一段簡訊，他喜歡李泰祥的一首歌，後來發現歌詞是杜十三寫的。

杜十三

自彼次遇到你　著開始了我的一生　是前世注定的命運
咱兩人相閃在滿滿是菜子仔花的田埂中

雖然無知妳的芳名
但是永遠留著妳的身影在阮的心內
妳是寒冬的日頭　妳是黑暗中的月光

妳親像妖豔的紅花　置風中搖動微笑　滿面的春光
有彩雲　有愛情　有天星　有悲傷　有海湧　有起落

自彼次遇到妳　妳是我所愛的人　妳是我不醒的夢
真想昧攔遇到你　遇到你

沒有預約——孟東籬

十幾年前,有一天,孟東籬帶來一票人,當然包括他的書僮,「沒有預約」地直接闖入我外雙溪的工作室,由於他六十幾歲的年紀,竟然比我四十幾歲更具丰采,更自在、更抒情狂野,他比布袋戲的男主角更活靈活現,是他剛從花蓮搬來陽明山的年代。我總是感覺他是直接從古書中跳出來的當代書生,即便最不適當的時間,他的來臨總像一種充滿氧氣的恩典,我只差點沒磕頭膜拜而已,何況我喜歡奇人,自己又特愛傳奇。

那時我的工作尚未整理到入境界,他像和風一樣吹過我每個角落和作品,又如同翻譯家專注在眉批的百科全書。一尊在小小蓮花葉中抽象的〈思維菩薩〉吸引他的目光。「這尊能割愛嗎?」此時此刻,我才感覺「菩薩在上方」,他僅是遊戲人間的遊子。「喜歡就是你的。」不用錢,但記得哪一天心血來潮為我寫幾個字吧!

十年後,幾年前,李在鈴在關渡台北藝大的校園個展又遇見老孟,書僮沒換,他很樂意被我邀請到工作室喝茶。這時我的工作室氛圍已經上道,他非常高興驚訝,同時希望有一天能讓他學建築的兒子來參觀,也告訴我要去開刀的事情。那天,石大宇騎著哈雷機車意外來臨,渾厚的引擎的聲浪令孟東籬頓失丰采。他向石大宇抗議:「好吵呀!」這時我才感覺我是年輕的,我喜歡孟東籬愉悅的靜,我也很喜歡石大宇和他自己設計寧靜霧灰色的哈雷機車,生猛有勁的撼動。

有好一陣子,完全沒他的消息,一天我人在國外,他又「沒有預約」地直接帶他兒子來參觀,同時留下一幅用毛筆為我寫的文章。三個月後,他的書僮邀我參加孟東籬在平等國小的紀念會,因為我為他拍了幾張非常生動精采的照片。一個很像曹又方落寞的女子坐在後排,她預演的告別式,都沒

左楊柏林，右孟東籬

楊克宇

有此刻令她如此孤單。

最溫暖的——楊克宇

楊克宇,是我認識時間最短的朋友,他讓我感覺最強烈,也最溫暖。當我才欣喜人生有如此熱情的朋友在旁邊,用幸福二個字才理所當然。當然幸福有時非常短,短到再一個擁抱都沒有時間了,而且我竟然在《我在這裡》台北當代館的個展感謝文裡印錯他的名字!我親自送書去馬偕醫院的安寧病房,他很高興也很有能量地解讀我的作品,直到他走了我還不知道,我的錯或許是他「放下」的註解。

去年,東家畫廊的張國權特別帶來幾個朋友,其中楊克宇直觀的覺知感

受，對我空間的讚美，其實已經超出我謙虛的範圍。他總是可以找到恰當、精準的辭彙散步在我森林裡的生活。他如此強烈的生命力，我反而不想清楚他是「化療者」，那次離開時他非常誠懇認真，而且一定要介紹一個建築界有質地的朋友給我。

幾近半年的時間，通知來了，克宇和一群朋友浩浩蕩蕩地兵臨城下。一開門我嚇一跳，克宇插管從安寧病房請假，由吳森基等人陪同進行生命中最重要也是最後的任務，接著吳森基又成為《我在這裡》展出的贊助者之一。我非常清楚這次的見面，本質是一種緣分，也是相知相惜的告別式，還好我喝茶的空間充滿佛教的文物，宋朝的木雕觀音、蓮花生西方極樂世界法門、古式大唐卡，克宇插管聊天，仍是一派雅致瀟灑的模樣。 三個月後，我去第二殯儀館參加平生第一次「告別式派對」，非常安靜的熱鬧，滿滿的友人與他互動的照片在燭光的晃動中，彷彿派對的主人正在和朋友噓寒問暖、擁抱、告別，其中一張他插管走在我工作室碎石步道消瘦的身影，說明生命和美好如此短暫。我想起一次在安寧病房，他坐在病床上突然問我：「我幾乎快撐不住了，你能為我找到支持我活下去的信念嗎？」「我無法回答你的疑惑，我不能在我身體比你目前健康的狀況下提供我熱愛生命的註解，你能不能、要不要留下，完全只有你才能決定，你要留下來一定很辛苦，你也可以選擇放下，離開。我只能說，我非常期待你到我的工作室喝百年的台灣老茶。」

前幾天，一位澳洲的藝術家Jayne Dyer無意中聊到，如果她要離開人間，最希望用中國的沖天炮，送她的骨灰到夜空。

告別人生的方式就是生命風格。

當我的生命進化到一個高度，某些知音才會出現，而太早認識的朋友或親人，通常只能聽到我關門的聲音。我的笑容僅在靈魂被觸動時，才會自然地打開。 如果我還能握住自己生命空間的鑰匙，「自由」才是我跨越寰宇的不二法門。

河岸狂想

立夏，湛藍的天空，只有幾條線狀雲，以巴哈G大調無伴奏的大提琴聲浪，朝北方七星山脫穎而出，這裡是東經121度北緯25度，鳥瞰故宮三千公尺，台灣藍鵲最後出沒的高度，蒼鷹追蹤蛇的季節，攝氏29°，陽光認出這片蓮霧樹林早已被投胎轉世的原生物種近乎占領。嚴冬和早春的落葉幽會在林中小木屋透明的屋頂上，由昆蟲、春雨、微風的三重奏，製作一張600×400cm趙無極未簽名的抽象畫。

我無法閱讀很假的布景

難得的午後陽光，裸身躺在台灣檜木舊長板凳上，像一隻必須日光浴的大蜥蜴。已抽象化的落葉、新葉重疊的影子貼在我的背脊，宛若天使在為我spa療傷。局部條狀的檜木格柵鏤空透明屋頂，還原自八里舊製茶廠，工作室斜屋頂木結構，加入斜陽的影子，正好讓我又像一隻綑滿紗布在籠中低吟的大花豹。

搬來外雙溪十八年，下山入城，最重要的一件事，證明我一次比一次更需要回到這片生態和土壤。我很難與人親密，沒有同學、沒有換帖，與親兄弟也非常疏離，很少和藝術家互動，正好和我出生年代一樣的創世紀詩社，讓我偶爾在詩刊吐吐血罷了。

至於家人，為了降低衝突，我讓他們住在二條溪後的永和，我在士林，要

從大直橋經過基隆河……再從永福橋跨過一條淡水河。我喜歡孤獨生活，因此我必須開車奔波，最常聽到的聲音是「你只是回來吃一頓飯，就拍拍屁股走人，而且還不說話，笑容全被你掐入泥土裡的樣子」、「你不開心就不要一起吃飯」。

「可以陪我去看花博嗎？」今年一月，珍鼓起勇氣，彷彿向陌生人借錢。「好呀！我正想找你去看看，我的作品《銀色海岸》在天使園區。」「只去看看花，請你別一面走一面批評，我會很沒面子。」「我盡量啦！」「二十年前只陪我看一次電視連續劇，沒三分鐘就發飆……你常常生氣對身體不好。」我無法閱讀很假的布景、很假的悲喜劇、很假的人生，我寧可回到寂寞，回到孤單卻豐富的世界。

在城裡，腦子不斷浮現衝突的意象，彷彿有一個巨大的幽靈惡魔在我旁邊，等待我最脆弱的時刻，以此猛然升起一股憤怒，似乎能夠輕易地毀滅我一生的成果。

美錯了位置？

花博以城市的概念，算不錯了，架構在世界的舞台座標，水準和格局理應更大器，建築跳到花朵的上方，以很大的比例，侵占主角千嬌百媚的風光，一大片花顯然得了擁擠的高血壓症，而且呼吸有些困難。應該說花的比重太少，一處賣小紀念品的賣場，竟然蓋出一座如此精美巨大的木結構建築。至於「環生方舟」的知名度可以參加威尼斯建築雙年展了，建築創意凌駕花博核心價值，有大金剛牽著美少女參加選美會的調性，所有媒體焦點全在寶特瓶，而非礦泉水，就像用幾條大鯨魚造型插花，美錯了位置。每個單位都很努力設計，空間大小不同，又風格迥異，形成視覺幹架的態勢，反而是那幾棵原生大榕樹的區塊，以最低調的草木鋪陳，雅致而生機漾然，舒適不做作，充滿質樸和健康，這裡人最少。

我的朋友楊照說：「美是『見仁見智』的。」（註）他以通俗廣大的人性角度切入，只說對了一半。的確，每個人都可以穿不同風格的衣服，而且情人

銀色海岸
材質 不鏽鋼
尺寸 595×150×95cm
年代 2010
作者 楊柏林

眼裡出西施。但是美如果已進入公共藝術的視覺高度指標，美的標準會有一個美術史進化後的制高點，否則就不需要邀請高更、不需北美館、不需故宮、不需安藤忠雄、日式精工、不需要札哈哈蒂、未來式。

我們的城市整體上缺乏灰色的基調，才會如此繁花似錦、如此怵目驚心。「他們誤認灰色是城市美學的逃兵，都會健康的假想敵，要以色彩的衝鋒槍圍捕獵殺。」其實灰色系是城市「包括大自然」一股穩定成熟的力量，台中七期是一個好的例子，大直重劃區也是概念灰的影響力，及至巴黎、紐約、東京。一座主題城市不能只是熱情親切、善良的刻意的辦桌文化裝點門面，不能缺少驅動內建深度文化的活力，以及城市的風格願景。

大佳河濱公園基隆河截彎取直的北邊河岸圍牆，約高4公尺×寬800公尺的公共工程彩繪，總是在我開車經過大直橋上時，突然飄來一條垃圾巨龍彩帶，像山水的神靈被惡靈在微笑的唇部吐白沫，而且拉絲拉很長呢！如此惡狠狠地撞入眼角視野，光天化日的噩夢，使我的越野吉普車乍然狂野騷動起來，彷彿我的城市游擊任務指令，直接在高速中貼在擋風玻璃，他媽的視覺汙染，這麼大條。包括天空、山水、河流都不希望太多的人工色彩，河流永遠也無法忍受太多的人工，即便是公共藝術的色彩，河流只要天空、山水、白雲的倒影。

不需要刻骨銘心的印象，那片灰牆經過風雨濕氣的滋潤，長滿青苔和長春藤，差不多要成為自然的子民，現在如此無辜無奈，她退居第二線，靜謐素雅已經夠低調經典了，卻讓她被迫戴上公共藝術的高帽子。任何人來拍

註：

特別謝謝楊照以「見仁見智」回應二〇〇九年九月二十七日我在聯副〈多巴胺與台灣掃把〉，對自強隧道公共藝術持不同角度的觀點，因此強化了〈河岸狂想〉的力道和深度。

一張河岸彩繪，看畫面就知道與環境的關係，除非刪除山水，否則整個畫面像穿西裝外套的長者，配一件峇里島風又破褲襠的大花短褲，在河岸散步，不知不覺對山水、對人類的意淫而蔚為風尚。

前幾年，政府開放大陸觀光初期，在太魯閣國家公園燕子口、立霧溪峽谷斷崖上，加裝大型仿非洲棕色鐵木觀景平台，完全瓜分劫掠大自然全方位無與倫比恢宏的氣勢，鳥瞰立霧溪壯麗的峽谷，招待客人，需要讓所有大陸食客爬到半掀開的鍋蓋上參觀米煮熟了嗎？

從克難中驚見的美不見了，從極度飢餓中遇見的美食不見了。觀景平台在政府德行美意裡，如同第一名經典的風景照片左下方夾著一張色彩突出偌大的獎狀一樣；燕子口又是遺憾收場。既然沒有美國大峽谷上凌空玻璃步道，最起碼色系總要回到「本土色系」──比大理石略灰二級的黑灰。我們要來參觀的是立霧溪峽谷，由灰色大理石襯托出的青山綠水，灰色石頭只會讓青山更青翠。台灣山水是國際級、世界級，只要一開發，就是一連串的破壞，一開發就有很大比例的「人事」費用。不必要的硬體設施，往往容易被外界看到成績單，在觀點歧異、美學思維高度落差中，完整的自然風景，只剩下斷簡殘篇，常常破壞者享盡尊榮，山水卻猝不及防變調得經天緯地，只留給沉默的遨遊者義憤填膺。

因此，「見仁見智」通俗的美學標準，在大自然中，常常演化成違章建築。星期假日好不容易到郊山走走，舒筋活骨，往往會遇上美好景觀點已被一群人占領。從胡亂的鐵皮屋裡，遠遠在一個山頭之外就能聽見卡拉OK高聲的自得其樂，若不是爬山淨化了憤怒的熱血，恐怕很難平心靜氣走下山腳。

被霸凌的作品
公元二〇〇〇年，我第一個得獎的公共藝術，板橋火車站的《火車要開了》，當初為景觀雕塑設定基地原始面貌的草皮，現在，不知被哪個新來的主管種植遍地花花草草；沒有整理的紅竹更像攤販，無理地占領作品必

要的空間景觀視野，這是政府官員公然在藝術家的作品上胡亂塗鴉。《火車要開了》的帶狀基地等同被一群野牛霸占、圍剿，而後成為牠們的領地，而且牠們還理直氣壯的說：「蠻橫的植入色彩是豐富我的人生，牠們的創意提升我作品的可愛性。」

侵犯又凌辱藝術家的作品，如此嚴重地霸凌藝術家作品的完整度，當初的評審也沒人察覺，無人知會原創的作者，即便要植栽，也要尊重藝術家。他們的想法正好和「見仁見智」不謀而合。

再往更令人傷痛的地方移動，我的車會停在大直維多麗亞飯店，廣場路邊一座維多利亞環狀的 logo 旁，這原先設定七、八個搖動的環，是我至今無法癒合的傷口。這件作品當初是我為他們製作的模型演化的，我製作了三組模型，其中每一組都以旋動的環做成完整的圓。業主為了省錢，偷偷找南部某工作室代工作品，變成只有半個圓的上半部——幾個同樣山寨版的旋動、山寨版的呼吸、山寨版的表情；下半部彷彿是我的尊嚴、我的魂魄被埋入土裡，認定我將自認倒楣。一家算上得了檯面上的企業，公然引用我的創作，等到被原作者發現，收到存證信函，才找介紹人設計師姚先生出面到我工作室協調，沒有一點歉意、沒有補償。姚設計師還舉例說他的設計也常被人使用，把藝術創作和設計混為一談，要我忍耐點，等飯店賺錢

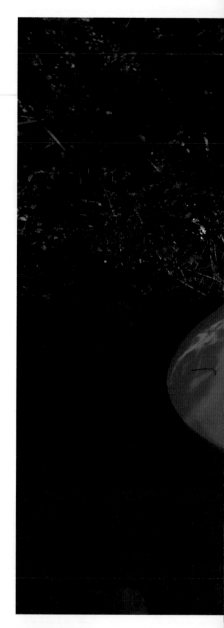

福爾摩莎島嶼系列
材質 青銅
尺寸 660×233×110cm
年代 2000
作者 楊柏林

一定會找我完成製作。當時我雖然非常沮喪，但相信知名設計師的諾言。

幾年過了，中間遇上二〇〇八年的金融海嘯，後來房地產市場大好，維多麗亞也忘了我的存在，即便我常來這裡，痛苦地喝朋友的喜酒，吃客戶的尾牙，我內心的怒火仍像日漸惡化的癌症，一直啃食我的生命力。其中一次宴會，鄰座正好坐著一位律師，他一直勸我要趕快再度出擊。年初，朋友通常會問我未來的創作走向和計畫，一想到今年要寄兩張存證信函，一張公家機關、一張私人企業，整個人的神識，宛如一棵擋在別人路口，而被人下藥，正快速枯萎的梢楠。

比起個人的際遇，我更憂心大佳河濱公園對岸的壁畫，看來是要以「花博」名目永久獻給河岸一條長長動人的勳章。

「G55AMG在濱江街一個急轉彎，切入北向大直橋，方正的黑色車身，晃了一下，像一頭野牛般以四十五角朝圓山大飯店方向逆向狂奔……車子跳起來，從一輛發財車裡，一張伸出車窗正在吐檳榔汁的頭上飛過，午後4點22分的毛毛雨，飛過一個騎自行車，在空中翻滾帥氣的青年，三輛撞成一堆的機車騎士，和一個嘴巴張開無法咬合的老伯伯的頭頂。一群鴿子，繞著空中飛行的吉普車繞圈圈。我知道車上的駕駛是我，可是我也是那一群鴿子其中一隻，我看得非常清楚，雖然僅是一刹那的時間，時間像在漂浮，在空中停頓很久很久，差不多有一甲子……吉普車飛行了四百公尺，然後以一顆隕石的速度從三百公尺的空中，在基隆河的水面上戛然而止，彷彿在水面上停了三秒鐘，再以雷霆萬鈞的態勢，又好像仍在那停頓的三秒鐘內，車子落入水下的泥地。由於車以左方傾斜45°進入重力加速度，河水和泥漿被巨大的速度擠壓瞬間，像從河底爆炸的泥漿火山，泥漿的高度和廣大的面積，很像雨天棒球選手滑回本壘所掀起三百倍的達陣泥濘，正好足以掩埋那片無法與自然相知相惜、過度裝飾的超級大壁畫……」

美麗家園
材質 不鏽鋼
尺寸 146×146×210 cm
年代 2009
作者 楊柏林

屋頂上的無邊際水池
攝影 楊柏林

地震碑紀

蠕動宛若星雲的能量

直接穿透我們生命的天際
深沉憂傷的黑潮洶湧
恐懼壯麗光臨
家這個文明的金字塔
漠然失去繁星護法的方位
世界自然互動的羅盤
已脫離人的同溫軌道
死亡如高山剖面的貝殼
極冷的希望地帶
又被神勇的遊魂佔領
而光明的指標仍在黑雲上方
漩渦鍛造生命基因的密度
像深海自行發光的魚
集集一處幽浮藏身的斷層
黎明因此誕生

地震紀念碑
尺寸 95×95×25cm
作者 楊柏林

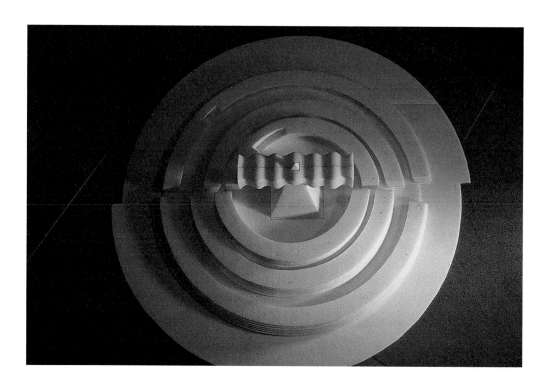

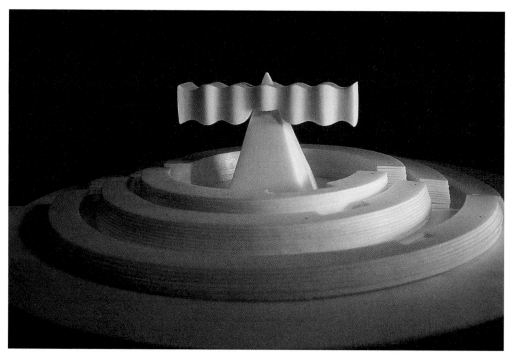

經緯之外

當人類對宇宙的知識還站在渾沌的茅舍裡
世界的樣貌僅只提供平面的概念地圖
那時南北極的冰帽尚未隆起
文明寄生在一隻悄悄演化的蛹中

接著曙光從黑暗中醒來，校正日出的方向
金字塔出現在東方的沙漠上
非常精準地面向天空最亮的星辰
地球才像一只蘋果般圓潤起來
而且開始在銀河中與人類共同呼吸著

至於在中世紀，宇宙僅僅是一隻瓢蟲燦爛的背影
也不知這麼小又這樣大的地球可以飛行
世界仍是人類未知掌心的湯圓
經緯度沒有讓我們感覺到生命莊嚴的座標

如果心是無重力的飛行器
宇宙或許只是一封簡訊的長度
因此座標應該在圓規之外
或許，在射陽崗的軌道運行

知識恐怕是一隻巨大的鯨魚
唯有環保才是最後的海洋
當智慧轉成發光的星體
愛就落實了四季的經緯

註：

〈經緯之外〉是一件大型公共藝術作品，文字說明希望提供一種更博大的想像空間，尤其「愛」在醒吾技術學院的廣場。

醒吾技術學院地標

經緯之外
材質 青銅
尺寸 660×600×408cm
年代 2004
作者 楊柏林

是時候了

二○一一年六月盛夏，在歐亞交界的博斯普魯斯海峽，土耳其伊斯坦堡近郊小城，一處長長的沙灘，一座廢棄的遊艇碼頭上。每天與近在咫尺海上星朵般的水母和近乎希臘般的藍天白雲，一同參加國際創作營。三週後，就地於黃昏的東方市集邊沿，我發表了不鏽鋼作品〈過客〉。

八月底，我又在台北世貿一館，台北國際藝術博覽會發表《非想非非想天》系列。由於評價不俗，市場反應很好，我每天帶著少有愉悅的心情，利用時間到處參觀不同畫廊和其他藝術家的作品。第二天，我看上澳門藝術家百強現場馬克筆白描作畫。我每天都會去看繪畫進度，也同時拍一段過程的紀錄片。附近有一家日本畫廊，我喜歡一件高跪的鸚鵡人彩繪作品，作品下方掛著一段中日文說明：「感謝台灣對三一一日本福島大地震付出的愛」，現在放在客房英國一九二○年古董櫃上。

最後一天，我買了十二張魏禎宏的小品，其中一幅《賽巴斯提安系列》，一支箭射在賽巴斯提安胸口上，掙扎的神態，竟然痛苦中包裹著無可救藥浪漫的氛圍。我發現自己在尚未收到全部賣出《非想非非想天》竹子雕刻的訂金，就迫不及待地想跨年代救贖一九八五年在春之藝廊《孕系列》和一九八九年台北市市立美術館《天地系列》的不如意。即使是鑑賞年輕的藝術家創作風格，都能讓我獲得一種靈療及成長的生命能量。

十一月，植栽何先生來補足藝術品交換的十棵15公分直徑的山櫻和吉野櫻。前年三月初不適當季節臨時斷根的災難，這證明現金支付的花朵，存活率較高。我向他抱怨櫻花樹只活三成，後補的樹直徑又縮水一半，讓我與他交換的關公非常不高興。此時，一位從南美洲致富的林先生，透過展覽期間向我接觸的設計師張文先生介紹來訪。原來他們也都是雲林海邊貧窮村落的鄉親，而且是我鄰村表哥的同學。國小時，他每天需徒步二小時到我們村裡的國民小學就讀，算來還是我的學長；三十年前，他在外雙溪買了一塊地七千坪景觀優美的土地，希望能變成私人退休的農場。由於喜歡原住民的文化和雕刻，希望我能幫忙他的土地提供一種文化藝術融入自然生態的規劃建議。看過他之前動土即將出現差錯的前置作業，「千萬不要柏油路，即使便道也要用級配，級配才能讓土地呼吸。」我直接告訴他，找一天帶他去看一看「不老部落」。他聽說過這個高知名度卻不知是低度開發，具有本土深度遠見的生態園區。

「這裡怎麼沒有看見排水溝？」林董疑惑地問潘金晟。
「我們的財產大都埋在地下自然工法的排水系統。」SAYA，潘的泰雅族太太有些無奈卻非常自負山嶺上的成果。
「廣場上的山羊呢？」
「這幾天寒流，暫時就住在我們原本當做客房的草屋裡。」
「草原上養幾匹馬也很棒呀！」
「潘金晟就是想養馬，我不讓他養。」
「馬子是男人的情人，就像跑車一樣。養馬總比養小三好。」
「他現在沒空了，大部分時間都在台東幫嚴長壽處理基金會後山的理想。」

綿綿細雨的黃昏，潘送一批客人下山後回來與我們喝小米酒，從台北的庭園景觀小世界退到大山水的自然界，建構反璞歸真融合原住民的生活哲學。由於追求簡單的生活，使得簡單的生活變得有些不平凡了。

第二天，張文安排一個行程，是一兩年前我在某本雜誌上看到像「斷臂山」的建築，非常精采的建築。

今年春節由讀商品設計系大二的小子楊占安排不能過問的宜蘭三天行程，第二天又是蘭陽博物館。我早已無法壓抑對此博物館功能嚴重失衡的滿腹牢騷。

「你覺得建築和博物館中間出了什麼毛病，發表一下對博物館和建築的感想。」為了客觀以及期待和小孩的互動，於是拋出一個思考議題。

「建築太搶眼了。」

很好，這就是核心問題。蘭陽博物館本體建築的確非常精采吸引人，問題就是它太出色了，來逛過的人只會記得建築。這不會是博物館和文化上的恩典。如果建築的用途不是博物館而是蘭陽歌劇院，我會站在龜山島上，從早晨鼓掌到日落。

如果建築是鐵達尼號紀念館也非常恰當，它以時尚的分割線，低度華麗的塊狀GRC類板岩，像全包覆的暗灰階金縷衣，彷彿從東北角國際級的沿岸吊掛來的一座劇力萬鈞、風化時間、歷史和空間緯度的沉重載體。我很想用從峇里島泛舟上的原住民那裡學來的黃金雙指口哨法，讚美她整整一年。如果建築是建築師個人格局和企圖心的里程碑，遠遠地，我仍然會在山崖上的伯朗咖啡館舉杯向它致敬。遠遠地，在宜蘭平原「單面山」腳下，亦如浪濤分分秒秒向岩岸膜拜讚嘆。

姚仁喜是我非常景仰的建築師。最近我常在新竹高鐵站下車上車，這是一座在世界上任何頂尖都會，都毫不失色的國際性公共建築。但是蘭陽博物館，似乎不該太像變形金鋼。建築整體設計裡外戰果輝煌，博物館任何展出的內容完全被強烈的視覺消化到只剩下胃痙攣（這就是我覺得歌劇院更適當的原因）、我是雕塑家，知道所有藝術品必須在足夠安靜的空間背景裡，才能釋出文物或藝品靈動的光彩。

貝聿銘在華盛頓的國家美術館即使仍運用三角幾何美學造型，但是建築散

發的光暈仍然是低調安定的。當建築必須包容藝術品，就應退縮到背景的大格局。建築設計的力道直接貫穿蘭陽博物館的任督二脈，館內展出的空間又過度禮讓建築的六塊肌，包括主要動線階梯的欄杆都像大鋼牙。使展出的文物，在此背景裡，像狼吞虎嚥後塞在牙縫裡的碎骨頭。背後那艘不新不舊、濫竽充數的漁船，懸掛在擁擠的空間。如同在東北角海岸線觸了礁、破了底的傷心往事。一群仿民初著古色的庶民，在船上方狹窄的空間上彷彿在紀錄一群逃難的難民。真文物又非常稀少貧乏。刻意花俏的背景、設計不當的燈光，找不到一條讓觀眾平和呼吸的水平線。看文物竟然一直處在不安和焦慮的思維中，一如鐵殼的沉船，找不到浮出水面的希望。是船的設計不當？還是承載的貨物不當？評審委員勾勒出的模型願景雛形和日後真正的展出效果有巨大的落差，因為單看建築模型和設計理念，「蘭博單面山」絕對精彩，為此評審委員更無法模擬建築完成後，正確地改變成安定的內裝，成為博物館展覽經典深度的視覺規範。因此，蘭博變形金鋼，在此以蓋世太保的架勢，讓文物的乞丐，不停的向蒼天乞求一處歇腳的地方。

在台東機場，一位長得很像平埔族的泰雅族青年來接我們。「嚴總裁人在台北，我是他的司機，車子也是，潘先生正在忙公益平台基金會的事情，我先載你們參觀森林博物館。」小賴同時也是基金會在比西里岸部落PAW-PAW鼓樂團的鼓手，他非常靦腆，但在舞台上，他就是原住民的樣子，熱情狂野。車子跑了一段很長的山路，車窗視野一直繞著都蘭山移動，旅行車停在一片老李樹下。小賴帶我們爬向一片從馬路邊看不出特色的森林。森林裡，猛然跳出一群二、三十公尺高的大榕樹，像巨人般手握手以高度離心跳躍的姿態舞蹈著。非常令人驚嘆！這時不知從那棵大樹腳下細縫跑出一位壯碩矮小的原住民，以宏亮的聲音向我們介紹：「這裡是台東的阿凡達，我是王土水，森林博物館館長，歡迎光臨森林博物館。」

「各位請別踩到樹的根。」他隨手抓起樹根下一把鬆軟的泥土，「土壤踩硬後，樹會失去自然生存的生態。你們運氣好，是嚴長壽的朋友，我親自導覽。此外，為了保持生態平衡，我們不接待遊覽車的客人……」

「為保存這片森林，我父親向親朋好友借錢。從即將落入開發商的手中，搶回這片聖山的土地。」

「我們蓋泰雅族茅草簡易集會場所，讓部落逐漸凋零的老師父，有機會以當地藤蔓結繩法強化手工結構木樑。」黃昏的時候，潘趕到山上為我們介紹工地現場。基地草地平台上搭了幾座臨時的帳棚，幾部大型廂型車以及一部巨大的發電機和環境格格不入。「喔！車子是成龍租場地拍電影，他是環保大使應該沒問題。」「小心監看他們，拍電影的技術人員為了方便取景非常容易破壞環境。」潘語重心長的提出警告。「沒錯，我以前工作室借人拍片，就被弄得亂七八糟。現在即使包括拍電影都不借，除非主角是我自己。」

二月山櫻因霪雨過量不甚開心，泥濘對我也不太歡迎。我又去外雙溪林董的夢想工地。「嗨！楊柏林同學，我有機會把路開到山丘的平台，有些人不喜歡走路。」林董小心的在我耳邊低語好像怕風聽到。「林董，這條沿著小溪的古老安山岩步道如此優美，開闢一條車路完全破壞景觀，失去柳暗花明、近看成嶺側看成峰的意境。你的山應該開放給喜歡爬山的人，像你一樣，才十幾分的步行何需馬路？破壞很容易，既然有幸擁有一片土地，千萬要以自然滋養天地的方式耕耘。我們的生命有限，只是『過客』，留給後代一片淨土，才是你文化農場的核心願景。」

「嗨！同學，你背後那張畫是你畫的嗎？」林董在我工作室喝茶時視線落在我的背景。

「這是澳門年輕藝術家百強的作品。」當他在藝術博覽會畫完最後一筆，在簽名時回答：「是時侯了。」「請你把作品的名字寫在畫裡。」我喜歡這幅作品的名字。他身高約一百五十公分左右，精瘦精瘦的，整個人彷彿懸掛在畫布上畫了五天，意象渾然天成。畫的下方從傾斜的大水缸冒出大量的水，中上段神隱而橫在故事華表上的那把劍，風嘯嘯直猛猛瀟瀟自若地穿過氣泡的呼吸和愛的中途，百強用非常細小的筆跡，寫著「Time to go now」。

是時候了
作者 百強
尺寸 149X200cm

作者簡歷

楊柏林

1954　生於雲林縣口湖鄉金湖村
2009-2010 中國文化大學 駐校藝術家

得獎記錄
1972　第二十八屆全省美展水彩第三名
1986　雲林縣十大傑出青年
2000　講義堂舉辦「九二一地震紀念碑」競圖比賽第一名
2002　臺大醫院會議中心暨醫學研究大樓室內組公共藝術徵選「生機之一、生機之二」青銅雕塑第一名
2002　高雄市內惟埤文化園區美術公園設置公共藝術徵選「從土地出發」雕塑第一名
2003　台北市政府環境保護局北投垃圾焚化廠公共藝術設置徵選「火焰之舞」雕塑第一名
2004　國立嘉義大學民雄校區禮堂及週邊整體景觀工程公共藝術徵選「日出東方」雕塑第一名
2005　新竹科學工業園區「竹南園區公共藝術設置案」公開徵選「繁星的方向」雕塑第一名
2009　民航局北區飛航管制站「限制級飛行」第一名

出版品
1989　出版散文詩集《躲奔》
2012　出版散文《是時候了》（大塊）

典藏
1972　台中省立美術館典藏：水彩「青年」
1988　台北市立美術館典藏「天食裝置」
1993　台北市立美術館典藏「臉系列五樣」
1996　高雄市立美術館典藏「飛行的種子.中」

個展
1985　春之藝廊首次雕塑個展－「孕」系列
1989　台北市立美術館雕塑個展－「天地」系列
1989　皇冠藝文中心雕塑個展－「靜坐」系列
1999　楊柏林工作室雕塑個展－「飛行的種子」系列
2010　台北當代藝術館－「我在這裡－楊柏林個展」
2012　日升月鴻畫廊-「『來，去』楊柏林/楊象首展」

聯展
1987　台北市立美術館現代雕塑大展
1990　香港置地廣場雙人展
1995　台北市立美術館中日韓現代雕塑展

1997 韓國釜山國際交流展
1998 日本福岡赤煉瓦文化館亞細亞「創彩空」展
2006 亞細亞雕刻家協會台灣台北華山藝文特區聯展
2009 韓國光洲美術館聯展(境界)
2010 杭州「蓬萊巨匠－台灣近代雕塑百年展」
2010 義大利杜林「Scultura Internazionale a Racconigi, 2010」
2011 日本福岡亞細亞「四大都市現代雕刻交流展」
2012 韓國 Heyri 藝術村亞細亞現代雕塑聯展「從感性轉換成生命」

公共藝術、景觀設計
1986 觀音山凌雲禪寺 42 尺千手觀音青銅佛像製作
1996 世界宗教博物館景觀雕刻大門製作「天眼門」
1998 遠中房地產發展有限公司(大陸上海)典藏「上揚」
1999 僑泰建設「發現之旅」景觀雕塑設計製作「君子夏日行宮」
2001 全坤興業「敦峰」典藏「牽手」青銅雕塑
2001 國揚實業「天琴」典藏「真言互動」、「黃金海岸」等大型青銅雕塑並設立楊柏林雕塑美術館
2002 上海天馬高爾夫球場鄉村俱樂部「天馬系列石雕」
2003 台北「信義之星」大型景觀雕塑「春來了」系列
2003 興南建設「御活水」四季藏春主題景觀雕塑
2003 皇苑建設「人文臻藏」典藏「音樂射手」、「真言互動」、「天空」等大型青銅雕塑
2003 國美建設「時代廣場」大型景觀雕塑「光環」
2005 醒吾技術學院公共藝術設置「經緯之外」大型景觀雕塑
2006 樸永建設樸園上誠「始初」琉璃銅雕塑
2006「宏盛帝寶」大型公共藝術，星光燦爛系列-
2007 元培科技大學「生命天際」不銹鋼 雕塑
2007 寶鎧建設「靈光乍現」「每一次的觸摸」台中睿觀
2007 皇苑建設「水來喜來」人文首馥
2008 弘光科技大學「宏觀條碼」「馬賽克幽浮」不銹鋼 雕塑
2008 麗寶建設「美麗新世界」麗寶之星
2008 潤泰建設「星光乍現」潤泰敦仁
2008 大陸北京 北京 NAGA 大堂雕刻「遊龍在家」「雙星報喜」
2009 由鉅建設「仲夏夜之夢」「在自己的土地上跳舞」三希
2009 民航局北區飛航管制站「限制級飛行」公共藝術設置計畫
2009 承優營造 捷運都會「美麗新世界」
2009 金和裕開發 文藝春秋及理性與感性「春秋如意」「果實山水」「音樂射手」「有你真好」
2010 興合力建設 華江一品「親密關係」
2010 惠宇建設 惠宇青天「仲夏夜」、「親密關係」、「真言互動」
2010 詮佳建設 詮佳臻寶「繁星不滅」、「心花若開之一」、「心花攏開」
2011 全坤建設「晴空」
2011 亞昕開發「真言互動」、「天地昕」、「心花正開」
2011 頂高建設「時尚巴洛克　王」、「時尚巴洛克　后」、「真言互動」
2011 全聯實業「風的足跡 系列之一」、「風的足跡 系列之三 (1)」、「風的足跡 系列之二」
2011 新竹昌益建設「如意」
2011 璞園建設「平流層呼吸」
2011 芙洛麗精品飯店「愛 久久」
2012 皇苑建設 逸品苑「遨遊」
2012 文化大學「晴空」
2012 東華大學「走過」
2012 永信建設「微光恩典」
2012 大隱筑丰建設「希望的所在」

文章完成時間

故鄉 2011年，原載於《創世紀》詩刊

我 1984年

下山 1984年

策馬 1985年

生靈之鄉 1986年

浮雕集 1986年，原載於《聯合報》副刊

甜災 1986年，原載於《聯合報》副刊

散彈槍 1986年

爬蟲類 2008年，原載於《創世紀》詩刊

我生命中的女人 1989年

甲骨文如是說 1989年，原載於《聯合報》副刊

飢餓 1990年，原載於《聯合報》副刊

談心 1992年，原載於《聯合報》副刊

再生 1999年，原載於《聯合報》副刊

飛行的種子 1999年，原載於《聯合報》

心靈之窗 2000年，原載於《聯合報》副刊

火燄之舞 2004年，原載於《聯合報》副刊

燃燒的希望 2004年，原載於《聯合報》副刊

改變的力量 2006年，原載於《聯合報》副刊

誰來點火 2006年，原載於《聯合報》副刊

我是誰 2009年，原載於《聯合報》副刊

古厝1992裝置 1992年

裝置後記：觀音山 2004年

種子教堂 2000年，原載於《聯合報》副刊

多巴胺與台灣掃把 2009年，原載於《聯合報》

我在這裡 2010年，原載於《聯合報》副刊

自彼此次遇到你 2010年，原載於《文訊》

你是誰-好久不見 2010年，原載於《聯合報》副刊

告別式 2010年，原載於《聯合報》副刊

河岸狂想 2011年，原載於《聯合報》

一九九九地震碑記 2000年，原載於《聯合報》副刊

經緯之外 2000年，原載於《創世紀》詩刊

是時候了 2012年

來，去

1962年，我八歲，約二年級的暑假，母親開始領著我走一段漫長有許多大大小小布滿水窪的黑色廣大沙灘。我們要去西方日落大海的邊界。此時牡蠣田仍是插枝的年代，通常颱風肆虐之後，風飛沙沖倒而掩埋淺灘插枝的牡蠣，我們打著赤腳，從幾乎淹至我下巴的海水裡拾起乩童法器般銳利的半成品牡蠣串，重新插在較淺的海潮中。這裡是有水的沙漠，除了血常在我手掌和赤腳上提早在海面上渲染夕陽鮮紅的餘暉，世界如此澎湃壯麗，淒美。我更在乎感到飢餓，雖然我腰身以下的海洋，螃蟹和小魚三不五時騷擾我的幻想和無聊的工作，牠們似乎不是我的食物，而是強烈飢餓的象徵。偶爾，我抬頭發呆的眼神回望沙丘盡頭的村落，感覺回家的路比頭頂天上的星星還要遙遠。

母親高大粗壯，彎腰努力工作的身影，極像一塊在海潮中浮動的巨石。她呼喚我的聲音從風中傳來海洋般的語言。

落寞的父親習慣在更遠的地方，已經和一串串牡蠣沒什麼兩樣，我幾乎沒聽過他說話，這使我好孤單。某些他接近我身邊的時候，我僅能偷瞄他瘦小卻剛毅俊美的眼神，羅列出一種比黑色沙灘還沉重的苦澀宿命。此時，我寧可看見他在較遠處漸漸駝背的側影，和無邊無際天地的拋物線取得某種不可言喻的共識。

有一次，父親在退潮海水僅十公分高度的沙洲牡蠣基地較空曠的地方，玩魔術。父親手中握著一塊硬硬的東西，突然快速奔跑跳躍，瘋子般劃過幾次水面，沒幾秒鐘，掌心大小更小更小在我腳邊穿梭的魚，突然跳出水面掙扎幾下就暴斃了。

此時，父親乍然粗礪嘹亮的吆喝聲，喚來我驚恐無奈的心情，被迫抓起一條條沒有呼吸的魚放在籃子裡，拾落花生和撿番薯都比這件事有成就感。反正魚兒我也吃不到，也不想吃，父親會拿去小市場賣幾個錢。

才十幾年，鄉親大部份為了填飽肚子，抽地下水，讓地層嚴重下陷，海洋生態瀕臨死亡。現在，這片充滿生機的沙灘，只存在我記憶裡的西海岸，懸掛式的牡蠣田取代沙岸浮光水影，連夕陽西下的風景線也變得單調乏味了。唯一證據是飄向南方嘉義的外傘頂洲，那片流浪沙洲仍保存著雲林早期漁民裸體捕魚苗的仲夏風情，很接近馬蒂斯畫中的意境。

楊象，因此，從小立志要當畫家。(註)

楊柏林，如同後期懸掛式的牡蠣，取代了楊象在潮水下努力成長卻不見天日的黑色沙洲載體。現在，楊象濕淋淋的浮出水面，被下放而滋養的土地，以繪畫的形式重回赤道的陽光海岸，重生的喜悅乍然降臨。

「來過N次」、「依然混沌」雖然只是「過渡時期」、「道窮指數」不見「綠光」、「筑波」，「硬著頭皮」乘竹筏也要「來、去」，再度入「渾沌Ⅰ」、「渾沌Ⅱ」、「渾沌Ⅲ」，再「無盡渾沌」再「遠行」再入「微光」，「過眼雲煙」的「藍眼」，發現「什麼也沒有發生」「尚未出現」「是時候了Ⅰ」就「淡入」。「很遠很遠的歸鄉路」又過了四十年。「你還沒來」「沙灘睡不好」我仍在「五里霧中」接近「天地悠悠」等「有些眉目」。待「月光偷跑」這時連「木頭也要回家」至於「之外的之外」、「三個深呼吸加一」。如此，一個「意外的高潮」，「正好、你在」所以「老家」仍然是我的「鄉愁」，我的「長灘之戀」，「無盡的遠行」，「是時候了Ⅱ」，「親愛的，再見」。

以上僅是畫作其中作品的名稱，把這些作品串聯起來，也僅是文學有趣的哲學拼圖，2012年本次的繪畫經驗非常接近頓悟，就像在沙灘上重新繁殖有機的景觀。也非常接近「來，去」系列的核心創作機制。

上白色底漆，差不多一壺茶煮到100度的時間，黑色壓克力顏料，在自製的長毛刷上像幽靈般對我拭目以待，彷彿修練了一甲子。軌道的平台保持淨空，一個深長的呼吸後，暫時停止幾次呼吸。

十幾年前，我在彰化彰南路一間小古董店，問出一塊台灣梢楠

800x75x25cm千年神木邊料，樹的皮殼肌理，風化的直線裂紋，色彩灰黑沉靜，散發著千古斑爛，即便一字橫躺，依舊唯我芬芳倖存的態勢，安置在屋頂無邊際水池，東岸木作大陽台上。

我時常坐在這塊木頭的紋理上，面朝無邊際水池西方沉思。我的故鄉就在層層山巒外中央山脈中西部更遠的西側。

梢楠橫向裂紋，不知不覺中隱然烙印在我魂魄蕭索的心靈島嶼，緊臨水池，映照蒼穹和變化萬千的雲彩流動了七個四季，無意間，從我某個創作系列材質無法及時供應的基點上，意外的，全盤滑向「來，去」系列30-300號的作品。

「來，去」非常接近從上帝手中遺落的濕地詩歌，也像在海邊散步的巴哈無鋼琴伴奏，更神似外傘頂洲蒼茫無垠的靈魂。

接近開悟的狀態，
幾個小霹靂後，
宇宙開始與我同步呼吸，

水重新在赤道西邊沙灘流動。

2012.11.07
楊象 於外雙溪

註：楊象在十七歲得28屆全省美展第三名，從此改名楊柏林成為雕塑家。

楊象

來 去

來‧去

非常接近從上帝手中遺落的濕地詩歌
也像在海邊散步的巴哈無鋼琴伴奏
更神似外傘頂洲蒼茫無垠的靈魂

接近開悟的狀態
幾個小霹靂後
宇宙開始與我同步呼吸

水重新在赤道西邊沙灘流動

楊象／
在十七歲得廿八屆全省美展第三名
從此改名楊柏林成為雕塑家

來‧去 首展／
二〇一二‧十二‧廿一～二〇一三‧元‧六

是時候了 新書發表會／
二〇一二‧十二‧廿一（週五）PM1：00

開幕茶會／
二〇一二‧十二‧廿一（週五）PM3：30

來，去——楊象／2012
材質：壓克力‧布 ／ 尺寸：291cm X 182cm

國家圖書館出版品預行編目(CIP)資料

是時候了 / 楊柏林著. -- 初版. -- 臺北市：大塊文化，
2012.12
　面；　公分. -- (Catch ; 189)
ISBN 978-986-213-379-8(平裝)

848.6　　　　　　　　　　　　　　101020917

LOCUS

LOCUS